O ABRIDOR DE LETRAS

JOÃO MEIRELLES FILHO

O ABRIDOR DE LETRAS

1ª edição

EDITORA RECORD
RIO DE JANEIRO • SÃO PAULO
2017

CIP-BRASIL. CATALOGAÇÃO NA PUBLICAÇÃO
SINDICATO NACIONAL DOS EDITORES DE LIVROS, RJ

M453a Meirelles Filho, João
O abridor de letras / João Meirelles Filho. – 1ª ed. –
Rio de Janeiro: Record, 2017.

ISBN 978-85-01-11169-2

1. Conto brasileiro. I. Título.

17-43959

CDD: 869.3
CDU: 821.134.3(81)-3

Copyright © João Meirelles Filho, 2017

Todos os direitos reservados. Proibida a reprodução, armazenamento ou transmissão de partes deste livro, através de quaisquer meios, sem prévia autorização por escrito.

Texto revisado segundo o novo Acordo Ortográfico da Língua Portuguesa.

Direitos exclusivos desta edição reservados pela
EDITORA RECORD LTDA.
Rua Argentina, 171 – Rio de Janeiro, RJ – 20921-380 – Tel.: (21) 2585-2000.

Impresso no Brasil

ISBN 978-85-01-11169-2

Seja um leitor preferencial Record.
Cadastre-se em www.record.com.br e receba informações sobre nossos lançamentos e nossas promoções.

Atendimento e venda direta ao leitor:
mdireto@record.com.br ou (21) 2585-2002.

*A Fernanda Martins, que abre as letras
de todos os dias*

Sumário

1. Poraquê   9
2. Ferro-velho   31
3. O Navio   49
4. O abridor de letras   61
5. Mamí tinha razão   73
6. Blém   105
7. Espírito-de-velas   121
8. Diário de visita à rendeira do Rio Vermelho   131

Agradecimentos   143

1. Poraquê

Aquela revista velha do museu. Sim, a data, acho que 1902. Seria do meu avô? Meu avô não era de colecionar coisas! Dava tudo a cada vez que se mudava. E, quem passasse na fazenda e gostasse de alguma coisa, ele presenteava. Desta vez, pela encadernação, pelo jeito que a revista estava guardada, seria algo importante pra ele ter conservado. Seu título também era pomposo: *Maravilhas da Natureza da Ilha de Marajó*. Sim, do Marajó ele arquivava tudo, qualquer papelote, recorte de jornal, bilhete de navio...

Seria do tempo do suíço? Eu a percorri, curioso, folheando as páginas que se desprendiam, lendo os textos de cabo a rabo, os rodapés, os reclames, cada uma das legendas. E como era ilustrada! Claro que se tratava de uma revista em duas cores. As manchas imensas do bolor invadiam indiscretamente diversas páginas. E parte do colorido se perdera.

A bicharada, as plantas, as *curiosidades* da Ilha, a ferra, o peixe-boi, o boto, a corrida de cavalo, a pororoca... A indefectível sucuri gigante que morava embaixo de cada igreja... A velha e insolúvel relação da igreja e as cobras? O jacaré, aquele que os vaqueiros diziam ter 500 anos e nem as balas de fuzil penetravam a sua carapaça. Pros autores, esses sáurios estariam ali antes mesmo de qualquer português vir morar pro lado de cá. O gado europeu e sua chegada à Ilha, o boi curraleiro, de longos chifres.

Na revista, a novidade eram os búfalos. Sempre uma fantasia que muitos fazendeiros faziam questão de florear. Certamente, estes estavam entre os primeiros animais, na feita que a revista elogiava o pioneirismo e a intrepidez das famílias de nomes indígenas que apareciam nas fotografias. Ali se mostravam raquíticos ao sair dos navios oceânicos, jururus, bem diferente do que hoje se os conhece, pingando gordura de tão graxos.

De verdade, a piramboia foi o bicho mais esquisito, o que me entreteve a valer. Claro que eu já a vira no campo, e quantas vezes... É da sabedoria do animalejo que não atinava. Aprendi foi muito naquela revista. Depois de lê-la atentamente, passei a repetir aos meus visitantes a história deste peixe pulmonado. Decorei o nome científico: *Lepidosiren paradoxa*. Cantava o nome enigmático num latim chiado, falava dos milhões de anos para sua evolução no meu lari-lari intelectualoide. Depois, explicava que *Lepi* se referia à escama e *siren* ao ser da mitologia grega, um pouco mulher e outro tanto pássaro. Falava do poderoso Odisseu, amarrado ao mastro de seu navio, para escapar às terríveis sirenas. Tudo no mais perfeito grego antigo, no tempo que as sereias ainda nem eram peixes. Isto impressionava a todos! E seguia...

Na seca se enfurna nas poças dos terroados. Ali se embioca no verão. Nem se incomoda com a falta d'água. Troca a respiração de peixe por um pulmão de bicho--grande. Ali sobrevive, labregando, no aguardo de seu tempo, um verdadeiro ribeirinho, um bicho-palustroso. Até que as águas espoquem tudo. As águas. As águas grandes, as verdadeiras. As que vêm de cima e de lado, de baixo e de dentro.

Meio dormindo, meio acordado, divagava sobre o tamanho da próxima cheia. A maré sempre tufando... Só os barqueiros pra comprovarem os boletins da meteorologia. Ainda teremos pasto este ano? O que se vai fazer da boiada?

Despertei desse torpor, entre as obrigações da fazenda, a velha revista do museu e, ao meu lado, no chão, a tela do computador descansando numa imagem que o Paulo Santos fez daqui, da varanda. O Carlinhos, o menino, ele mesmo, todo perequeté, o mais jitinho da tropa, puxava a bainha da minha rede, uma, duas, três vezes. Se o fez mais, não sei. Aí é que, definitivo, acordei da leseira que o açaí me arrastava.

Sem deixar a rede, com um galeio, alcancei a moringa pra me refrescar. Joguei água em mim, na rede, em tudo que por ali se encontrava. Égua do calor sovina! E, Carlinhos, o menino, continuava, agitado. Caminhava daqui prali e se dependurava no gradil da varanda de quando em quando. Me apontava — tio, tio, tá ilhando lá pra dentro do mar!

Enfim, curioso pra ver o que ele queria me mostrar, virei-me na rede, o rosto mais pro chão que pro horizonte, e efetivamente havia ondas espumando praquele lado que o jitinho indicava. O calor tornava a paisagem ainda mais indefinida. Não era uma geleira, nem uma canoa de gado ou nada familiar. Axi, credo, que diacho era aquilo?, perguntei-me, sem demonstrar tanto interesse.

O movimento da rede não facilitava a visão. Me ajeitei, mais pra sentado que deitado, os pés espanejando o assoalho, caçando as chinelas no chão. Levantei-me, levei as mãos sobre a fronte, imitando o formato de um par de binóculos. Sim, havia coisa grande ali. Como se fosse uma baleia encalhada. Mas, não, o que se via era bem maior. Claramente, seria algo longilíneo, volumoso, que se espraiava...

Em meio ao oceano, o certo é que aquilo era uma nesguinha de terra, não um barco. Ou, quem sabe, apenas um tronco forte que encalhara numa coroa e que chamava pra si um tanto de entulho do mar que logo se desfaria na próxima maré? Um peixe-cobra gigante, aquele tinhoso, tão falado?

Eta menino sabido o Carlinhos, o filho, de onde é que tomara tanto reparo nas coisas diferentes? Fiquei nesse resmungamento um bom tempo, até divagar-me em nadas inconclusos. Mesmo sabendo que deveria sair da rede e investigar, insistia em elucubrar um pouco mais, desafundar minhas dúvidas. Pois não é que tinha razão o pequeno? Algo estava se ilhando lá pra dentro do mar, do mar grande, como os pescadores chamam. O mar sem fundo, que não tem retorno, o mar redondo, mar horizontino, que de longe não se vê e, de perto, não se crê.

Voltei pra rede e fiquei me apoucando de esforço naquele calor amormaçado que, aos poucos, cedia para o vento maral. No mais, era esperar o cumprimento do cotidiano, o cansar-se de tanto calor, o mudar os turnos de marés, o movimento dos bichos de pena, indo, vindo, pousando, caçando seu ponto de pernoite, os papagaios, as garças, lé com lé, cré com cré.

Chovia todos os dias, por longas horas. Estiava um pouco. As nuvens se entretinham em passeios pelo fim do mundo. Depois regressavam, solertes, presentes, bravias. O tempo era assim, nesta parte do ano. Os rios extravasados, as terras desaparecidas, num tudo-água por onde quer que se olhasse.

O movimento — só de algum tucuxi, um pirarucu na lagoa grande, já desassoalhada, um casal de ariranhas desalojado pelo furor de águas... E, perto da beira, um jacaré-açu, ou a bateção de peixe. Novamente, ergui-me, refiz o gesto de buscar a ilha. Tentei explicar ao Carlinhos o que sentia. Depois me abstive. Até fui caçar no quarto aqueles binóculos pesados, americanos, verde-oliva, que meu pai ganhara no tempo da guerra e pouco se usava. Vivia ali, pendurado no mancebo da entrada, junto aos cajados lavrados de Soure e um par de cabeçadas pra festa do Glorioso. Havia fungos nos contornos das lentes, mas a ilha lá estava. Não havia réstia de dúvida. Agora até se observava algum relevo, pois, com a aproximação, distinguia-se o que era cor de terra e o que era água revolta.

No dia seguinte, a ilha já se coroava, um barro tabatingoso, brilhante, que o sol expunha e não carecia se esforçar pra divulgá-la no meio d'água. E assim foram-se semanas, nós a seguir a rotina, repassando o rebanho, na preparação da ferra, curando bicheira, arribando com os cochos pra onde ainda havia algum palmo de chão. As cercas cedendo a todo tempo, as águas derrubando o que quer que fosse. É ela, o tempo dela, Carlinhos pai me consolava.

Até saí uma vez pra me desanuviar. Fui pra Belém. E ainda teve aquela viagem a Macapá. A cada retorno se percebia. A ilha crescia como um cancro. Tanto ficava mais alta como se esparralhava. Acrescido, me contou o seu Dito, o Mano Velho — até já vi umas quantas terras se aflorearem, como flor, o doutor sabe. É a terra querendo brotar. Igual esta. Hum. Nunca, nem soube de outra deste tamanho por aqui. Nesta parte do rio cresce nada, só visage. E visage, mesmo, é navegante. Em água crescida só bicho graúdo — cobra-grande, boto-cego, navio-fantasma, cavalo-marinho... Só onda brava, arredia, malinando. Tem gente que até comenta — ali vai surtir montanha, vai nascer país, cidade. É da profecia. E, depois, vem gente pra ocupar o novo chão. Eu olhei-o torto, querendo não saber. Mas, de predição o Mano Velho era até bom. Deste, ninguém não negaceava, não senhor.

Verdade seja dita, o acrescido se expandia. Até um verdinho despontava. Um capinzal vistoso, bom pra engordar boiada. O menino Carlinhos, admirado, ia fazendo planos pro que chamava de *meu país*. Construía as suas *maravilhas*. De um tudo povoava aquela coroa grande. Pescador já tratava a terra como permanente, planejando cabana pra armar espera, guardar suas redes. Os peões daqui, de butuca, com coceira nas mãos, lançando olho gordo pros pastos novos...

No mais, o comentário era sobre o medo de encalhar. Ficar ali, retido, no meio do mundo, sem ter a quem recorrer. Sem haver casa pra chamar no fiado da noite. No mapa de navegação nada constava. Porém, no vivo que tão vivo, tem prático que já sabe se esgueirar e escampar das cabotinagens da maré. Notícia assim corria qual rastilho de pólvora. Evitavam. Em Macapá já se ouvia comentários no Boletim do Navegador. A rádio se adiantava, confirmando a conversa dos pescadores. Queriam até arranjar um nome. Falaram em um concurso. Depois, nada mais disseram.

Um dia de domingo resolveram jogar futebol ali, na Coroa Grande. O nome que deram era bom. Melhor assim. Tradicional. Fácil e bem explicado. E antes que outros inventassem coisa de mau agouro ou nome de político. Imagina se fosse Coroa Sem Fundo, Cabo do Não Sei, Ponta da Maldade, Pedra do Adeus?

Da combinação dos times, o dos casados contra os solteiros foi o que melhor ornou. E, ainda tinha aquela outra, os de fora e os da vila. Dito e feito. Foi uma farra só. O jogo terminou cedo porque a maré veio cantando enfuriada, afoita, engolindo de um tudo. Esta, sim, pra ter respeito.

O Carlinhos, o filho, foi junto. Alegria tamanha. No retorno do torneio internacional de futebol, eu e ele, na tolda do barco, deitados, admirando o pôr do sol, o tantinho de estrelas surgidas, dando nomes aos países que ele descobria. Enquanto havia luz, Carlinhos, o filho, avistava novas terras, um cocurutinho atrás do outro. E mais aquele, mais este... Parecia um cupinzal emergindo daquele mar-sertão a cada avanço que o barco fazia.

E batizava-as, feliz, mesmo que daqui a pouco não se recordasse dos nomes emprestados aos morrotinhos. Terras novas, altas horas, bem-me-quer... Isso parece até nome de boi carreiro, eu dizia ao menino Carlinhos. E ele ria e me pedia mais ilhas. Dá uma pra mim. Vou plantar um açaí lá no meio do mar, dizia o Carlinhos, o filho, satisfeitíssimo com sua ruminação.

E, pra preparar este novo plantio de açaí até se ajeitou uma canoa velha como jirau pras mudas. Ajudei o Carlinhos, o filho, a catar sementes ali mesmo, no pé do trapiche, onde a Dona Dita, mais conhecida como Dona Menina, atirava os caroços.

* * *

As chuvas não deram trégua, mesmo com o inverno recém-começado. Sizígia esta noite. Esperava-se que, com as águas crescidas, os cocurutos sucumbissem ou se desmilinguissem diante da furiosidade das águas. Correndo pra dentro e pra fora, se refluindo toda, bailava a água-grande, a água-forte, a água-viva.

Não havia governo de lua. Era ela, a maré, no comando, emproando o mundo, A Ditadura das Águas, como queria o bom padre. As terras bubuiavam, arrepiadas, o Marajó no fim de tarde, e as águas subiam, água do mar é só aleivosia, cobre as terras, se arranja pra todo lado e vem traiçoando.

Os jogos de futebol prosseguiam e já se conhecia, pelo barulho, o tanto de tempo que teríamos praia. O açaizal crescia. Um dia até finquei uns paus e armei uma rede pro Carlinhos, o filho, descansar. Vibrou de satisfeito. Imitava meu jeito de flutuar na rede, de olhar o mundo na horizontal. Ria-se todo. Tou ilhando, tio, tou ilhando!, gritava, feliz.

* * *

Pois, na noite de Natal, quem há de se esquecer? Parou um barco pilhado de gente. Dava pra ver. Havia lua. Lua de farolete. Tava num dia de estiagem. A chuva deixara tudo muito nítido. O som alto. Bregão arretado. Uma bandalheira que só. Quando a música estancava, distinguia-se algo como um bater de estacas. Efetivamente, manhã adormecida Carlinhos, o filho, e eu, binóculos nas mãos, observamos um rancho enorme, a cobertura de palha, as palafitas altas. Gente que entendia do riscado, de maré, de fazer abrigo de pesca, atinei. A cada dia aquele montoado de paus e tábuas crescia, trapiche pra cá, um bar, até um sobradinho apareceu.

Em uma semana, havia luz elétrica. Uns panos amarrados, à guisa de bandeiras. Serão boias de pesca a embarcar? Sinalização pro espinhel? Varais a secar a roupa? Quem são eles? Pescadores? Contrabandistas? Os matapis, quando chegariam? Aquele povo até adivinhava que os cocurutos cresceriam ainda mais e se casariam formando grandes pastos. De onde vinha aquela gente? Trariam gado também? Era a pergunta que mais se ouvia. O que queriam ali? Ninguém os conhecia, nem aqueles barcos, de um formato diferente. Vigilenga não era? Nem galeota. Da contracosta também não seriam. Eras, de onde, então?

Isto é um absurdo, disse o prático, o Antonielson, quando veio tirar um dedo de prosa com a gente. Prosa e café, café com bolo de macaxeira, merenda completa, como tanto apreciava. Muito leite, bem doce. Ele sim, apaixonado pelo nosso cantinho.

O povo da terra é que é feliz, repetia, arreliando com todo mundo. Aqui, na rede, vendo o mundo passar. A gente, povo das canoas, pelo contrário, não sabe onde vai dormir amanhã. Ninguém adivinha quando volta pra casa. Maré não deixa, nunca deixa. Plano? Não faço mais. Nesta vida? Nem na outra. Não faço.

Eu assentia, calado, admirado com tanta coragem. Varar o Canal Perigoso, no escuro, só tateando o vento e a correnteza, perseguindo a veia da água, ouvindo as vozes do fundo, os viventes das profundidades, lá de baixo os resumos das águas, o canal de bem, o canal de mal.

Ninguém daquele povo veio aqui. Nem pra pedir uma xícara de açúcar. Axi! Um pedaço de corda, uma mezinha pra dor de cabeça, nadinha, uma boa-tarde, uma benção! Carlinhos, o pai, até achava que aquele povo não falava nossa língua. São da Guiana? Ou já é gente dos chineses que está chegando, como tanto se comentava. Se vieram em dia de Natal, nem cumpriam com o dever de Cristo nascido no outro Belém. Religiosos não seriam, ou, talvez, de outra religião, com outro calendário.

Deviam é vir aqui, se avizinhar, comentava Carlinhos, o pai, frustrado. Devem ser de longe, de muito longe. Apontava no horizonte, cada hora prum lado. Não se sabia de onde, mas que era gentança de outros costumes, isto era. O jeito de enfiar o pau na terra, de serrar as tábuas, até parece que se balançam em rede... muito esquisito. Resmungou.

Aos poucos me convenci que Carlinhos, o pai, teria alguma razão. Meditava, acompanhando com os olhos a movimentação na Coroa. Na maré baixa estávamos bem perto deles. Aquilo tudo. Muito estranho. E justo na nossa frente. Aqui nesta manga da fazenda velha, desta tapera centenária. Do curral do meu tataravô! Duzentos anos na família. Já nasci sabendo. Tudo isto era nosso. Tudo. Nosso. Os açaizeiros. O capinzal grande, as lagoas. E também as marés. Nossas. Os trapiches. As piramboias, tudo que é qualidade de garça, o gado, os acaris, tamuatás, as peremas. Nossos. As famílias trabalhadoras. Tudo gente nossa. Gerações e gerações aqui. Compadres. Afilhados, afilhadas, madrinhas, padrinhos, gente nossa que a gente leva pra criar na cidade! No nosso eito. Por que nos deixariam? Pra onde ir? Melhor assim, gentes nossas. Este o sentimento, o mais sincero. Isto. Isto mesmo, sim, senhor, tudo isto me incomoda muito.

Meu pensamento, interrompido. Carlinhos, o pai, o que não fala, exalava seu nervosismo, bombardeando-me de informações recentes. Vinha gente, narrava o que se sabia lá da Coroa Grande. Indaquiapôco este povinho vai dizer que morava ali faz oceanos de tempos.

Eu pensei cá comigo — que frase bonita esta a do Carlinhos, pai. Que ameaça imensa ela continha — o povinho vai dizer... oceanos de tempos... Emendei na conversa, logo apeando na frase. É pra já. Pra já, repeti, que a gente precisa entender o que é pra entender. O que acontece e o que não acontece. Quem é que manda aqui, e quem aqui não manda.

Carlinhos me reconheceu no jeito de falar, e até no movimentar as sobrancelhas. E se alegrou. Agora tô vendo o doutor falar de firmeza, de eito de acapu pra mais. Tá precisado é isto, mesmo, de ir lá. Pra conversar. E o silêncio foi buscar um pio de anhuma lá pra depois do Campinho. Movimento dos beiços, mais que das palavras, Carlinhos, o pai, se ajeitava, encostado num eito da varanda, buscando seu canto do mundo, a observar o tanto de ocorrências lá na Coroa.

Ô Carlinhos, gritei da rede, que balançava, solerte, quase tocando as paredes, as marcas dos pés nas tábuas mais próximas. Amanhã cedinho vamos lá? Melhor, na primeira maré que dê água. Que horas sai a maré, Carlinhos? E olhei pra ele, querendo despertá-lo daquela fascinação em que se chafurdara nas últimas horas.

Este até se ajeitou, agora na cadeira de lona. Demorou a comentar. Me olhou sério, mirou o oceano-mar, que se batia nas pedras aqui bem rente da casa. Viu os tralhotos surfarem na maré escura e, finalmente, comentou. Tem que esperar, deve ser lá pras seis horas, estourando. Pois bem. Desembrulha a rabeta. Vamos lá. Só pra entender o que o povinho quer. Resumi o tudo que pensei ao longo daquela tarde.

Melhor levar algum presente? Dona Menina perguntava lá da cozinha. Ela ouvia e não comentava. Na espreita, sempre na espreita, se fazendo de galinha morta, franzia um olho, levantava outra sobrancelha, e não se manifestava com mais de uma sílaba. Humm, tá! Quando soltava uma frase inteira assim é porque pensara muito e considerava deveras importante expor o que tanto atinara.

E, pra demonstrar o alarde que a consumia, pra divulgar-se mais, repetiu. Com força, falando alto e claro, carregando no *erre* do presente, como uma metralhadora. Até me levantei da rede. Fui pensar com ela na porta da cozinha, só olhando-a de lado. Ela, igualmente parada, sem reação alguma. Respondeu-me com os olhos e os beiços. Pode deixar que eu preparo uma matula de presente, bolo, caldo, tucupi do azedo, bem gostoso. Acenei com os olhos. Suficiente o diálogo de quem se conhecia desde o sempre, de umas tantas gerações.

* * *

Na manhã seguinte, a maré vazava. Com força impressionante, rugia, ríspida e rugosa. No horizonte, as ondas gigantescas que o mofento gosta, pororoca pra ficar em casa, no seco, e no alto. Dona Menina vaticinou: as espumas tão lacrimejando, o mar tá comendo as ondas.

O Carlinhos, filho, também queria me explicar alguma coisa. Almejando me contar de que jeito o mundo se lhe aparecia naquela estranha manhã. De fato, há algo espantoso que chama a atenção de Carlinhos, o filho. Ele aponta aqui, ali, ainda quieto, depois começa a gritar alto. Tio, tio, vem ver, tem boi na água, corre aqui. Vem logo.

De primeira, não lhe dei trela. Mas não passou um átimo e apareceram aqueles chifres sobre a água. Chifres de búfalos, imensos, de animais erados. Mas não! Búfalo quando está na água nada bem e, pelo menos as narinas e o focinho ficam pra fora d'água. E agora só se reparava nos chifres, ora boiando, ora mergulhados. A maré os fazia rodopiar qual bolas gigantes. Não havia o peso do corpo a segurar a cabeça. Estas rolavam, conforme a maré, pro lado do oceano-mar.

Aquilo era horroroso. Foi minha primeira reação. Esconder tudo do Carlinhos, o filho. Não era espetáculo pra menino presenciar. A água também vinha mais vermelha, um barro escuro, espesso, diferente da tabatinga café com leite de sempre. A água tá tintada, o Carlinhos, filho, diminuindo a voz, espantado. Dito e feito. O Carlinhos, filho, atônito. E Carlinhos pulava, levantava os braços. Vira tudo, não havia como esconder-lhe o que se passava.

Na próxima onda, a maré carregou outra leva de cabeças. E desta vez não eram os chifres enormes dos búfalos. Carlinhos, o filho, reconhecia as matrizes que diariamente acompanhava na ordenha no curral. Seus gritos eram estridentes. A Malhadinha! A Fazendeira, a Tudinha, a Rajada, a Mansinha... E largou num choro convulsivo. Eu o tomei nos braços. Levei-o pra dentro. Fechei as persianas de madeira, as tramelas da porta, como se isso fosse apagar a imagem que ia em nossas mentes. Acalentei-o até que dormisse, e voltei pra varanda.

Ao longe, ainda se viam as cabeças das búfalas leiteiras flutuando. E, depois, este espetáculo das vacas de curral. As cabeças brancas, a pele mole, os olhos esbugalhados. Com certeza havia muitas mais que o gado de leite. Seria a vacada geral? O gado manso que estava no Campinho? Seria do nosso? Meu Deus!

Minha reação foi chamar o Carlinhos, o pai. Não foi necessário. Ele estava ali, quieto, a poucos metros. Acompanhava do outro lado da varanda o desfile macabro, tão assustado como eu. Vira quando levei o menino pro quarto, sabia que daqui a pouco eu o caçaria pro giro combinado. Ele sabia e tinha um par de cavalos arreados, só as cinchas folgadas. Entabocou-se na conversa, aflito pra ir a campo tirar a dúvida. Instruíra a Dona Menina, calçara as perneiras, pro caso de precisão...

Doutô, de barco não vara. Achei melhor repassar o gado primeiro. Caminhamos em silêncio até o quarto de arreios. A água batia na soleira da porta. Havia bichos caçando o seco, sapos, aranhas, as criações se mostravam nervosas, amotinadas.

Até piramboia por aqui! Eu disse. Prô siô vê, o Marajó tá com água até na tampa. A tabatinga se dissolvendo. Respondeu o Carlinhos, o pai.

Os cavalos, os cascos molhados, impacientes. Encilhados, as mutucas fervendo nas orelhas dos animais. A chuva fina e quente acompanhava o rebojo da maré. Coisa destes dias de inverno. O Marajó flutuava, bubuiava.

Cavalgamos por uma boa hora até o Campinho. Dito e feito. As reses carneadas, restos delas por toda parte. Um silêncio que somente uma ou outra ave rompia. Não se via boi algum. Eu acho, o Carlinhos, tirou o jejum da quietude, o que eles conseguiram, tangeram foi pra Ponta da Maravilha. Porque aqui não ficou alma viva.

Eu não queria jogar conversa fora, acenei com a cabeça em sinal de concordamento, e seguimos adiante, com a dificuldade do tanto de barro pegajoso que se amoitava no fundo das terroadas e travava as patas das montarias. O chapéu escondia a cara de desgosto. Eu era frustração e desconsolo.

Os cavalos conduziam. Sabiam o caminho. Há séculos pisavam este chão-oceano. Segurando o santo-antônio do arreio, eu seguia, desinteressado, atracado com as contas. O prejuízo. Até onde iria tamanho desmazelo? Seria a falência? Desta não iríamos nos recuperar? Na história da família já houvera tanto caso de perda, mas, desta monta, acho que nunca surtira, pensava, profundamente envergonhado. Pra me esquecer do desastre que se aproximava, procurava pensar no Carlinhos, o filho. Como explicaria a ele, à Dona Menina, à turma da sede, dos retiros o cenário grotesco que presenciamos?

Ali estávamos, a confirmar o já sabido. Não havia mais reses, mas como o rebanho desapareceu? Ficava o dito pelo não dito. O Carlinhos, o pai, balbuciou. E decidimos retornar à sede. De pouca valia adiantaria prosseguir. Se insistíssemos, certamente o retorno seria no breúme da escuridão. E, ainda, a maré poderia nos alcançar na travessia do Rio do Sono e, aí sim, correríamos risco de vida naquele entrevero de águas brabas.

* * *

Carlinhos, o filho, acordou com febre. Banhos e tisanas pra baixar a temperatura do menino. Às pressas a benzedeira do retiro foi chamada. Veio. Deu certo. A febre baixou, mas a vigília foi longa. A benzedeira, Dona Lilica, bem que disse, ainda com os raminhos de arruda na mão. Não tem mais conserto não, doutô, o povo, aquele povo... E apontou com o beiço e pausando um silêncio. De lá não sai mais. Terra vira água. Água vira terra. Doutô, aproveita. Vai-te embora. Ajeita e vai-te. Até caramuru vai subir pra varanda, doutô, num espera não...

E morreu-se o assunto. Ela ajuntou seus pertences, fez que se ia, e foi, Dona Lilica no seu casquinho, do jeito que pode. Não quis aguardar a nossa partida. Vem conosco?

Carece não. Disse, com muita paz nos olhos. Eu aqui, no rio, sou é piramboia. Me viro e me desviro. Viro canoa, viro pássaro, viro bufo, nada me desacorçoa. Sou fumada demais.

O calafrio foi enorme. Aprumei-me na parede. Deitei-me na rede. Fiquei um tempo desmesurado ali, apalermado. O dedo do pé empurrando a rede naquele acapu velho. Desde quando o acapu nasceu... Isto é nosso... Eu repetia. Tudo nosso. Da nossa família. E este *nossa família* soou tão estranho que o repeti, agora alto.

Carlinhos, o pai, inté veio me cobrar — então, doutô, tá decidido? Posso ajeitar a tralha na canoa grande? Pra ele, o que a Dona Lilica vaticinava era lei. Lei sagrada. Padre algum tinha palavra tão forte. Bora lá, eu disse, como se fosse questão de rotina, de correr uma cerca, baldear um gado pro outro lado da lagoa. Mas, não. Este *bora lá* era definitivo. Infinitivo, isso mesmo, infinitivo! Falei bem alto, mas não fui compreendido.

É isso que quis dizer, infinitivo. Carlinhos, o pai, carregava o menino, ainda com febrícula, corado e bem desperto. Ele passou arrastando sua mãozinha em mim, como a querer me agarrar. Vamos juntos, disse-lhe com pressa. Tá tudo ilhado, complementei. Ilhou tudo, confirmou-me o menino, com voz chorosa, a cara de quem já está melhor, levantando os ombros, espalmando as mãos para o céu, como a me dizer que nada mais havia a fazer.

Deveras. Durante a noite, a maré crescida veio tufando, derrubando o curral, o quarto de arreio, espantando o que encontrou de criação no rumo do mato ou pra dentro da casa. Não havia paz em cômodo algum. Bicho de todo tipo entrando pelas fendas, pelas janelas, por onde desse. Até bicho de casco apareceu. E não se importavam um com o outro, não se atacavam. Querem é sobreviver. É isto. Concluí. Ninguém me ouviu. Cada qual empenhado pra partir do jeito que fosse possível, era deixar pra sempre aquele lugar.

* * *

Manhãzinha, no trapiche, a água batia forte. Eras! E tão forte que algum esteio já cedia e se arremessava, pra nadar em pleno oceano-mar. Nunca vi igual, foi o Carlinhos, o pai, comentar. A canoa estava imprestável. Na noite anterior conseguimos mandar um rádio pro Seu Dico. E lá estava ele, firme na combinação.

As trairamboias juntas, alvoroçadas. Subindo a varanda. Pareciam ter medo da água, do barro. Pra onde iriam?

Entrar na canoa foi operação arriscada, poucos pertences, um reio que ganhara quando menino, um capacete da Guerra de Vinte-e-quatro, o facão-cabeça-de-cachorro, o embornal e alguma matula que Dona Menina conseguira arrematar da cozinha em ruínas, o oratório da Mãe-menina. Não sabíamos que rota tomar, se bordejar a costa ou enfrentar o rioceano, rompendo as ondas acima, no sentido inverso do oceanomar.

Dona Menina, os Carlinhos, a água batendo dura, Seu Dico. O ajudante, o Natã, mais um carneirinho que ele carregava. Todo encharcado e tremendo de frio. Em tempo, foi Dona Menina falar. Patrão, a gente começa de novo. Aqui só têm silêncio, mais nada. Dona Menina tinha razão, não havia mugido, cocoricação, orneio nem pio de parte alguma, só o ronco das águas e o balido desesperado do carneirinho. De longe, ainda avistamos canoas e mais canoas do povo da Coroa Grande. Não se compreendia se elas estavam a caminho daqui, de casa, se deixavam também o seu posto, pra onde seguiam, não se sabia.

Embaixo da varanda da casa amontoavam-se os cavalos e os bezerros, sem ter pra onde ir. Em silêncio, olhavam-nos, os olhos molhados. Os poraquês! Nunca os vira assim. Desesperados.

2. Ferro-velho

A herança viera com dívidas. Títulos a pagar. Promessas a ex-empregados, afilhados, noras e genros dos quais Dario não sabia. Parte encontrava-se documentada. No cartório de Castanhal havia um documento. Alguma coisa ele até ouvira falar, mas não atinava para a dimensão que isto tomara nos últimos dias. De um lado o pai, já incapaz de responder a qualquer indagação; de outro, as pessoas se achegando, tanto de Goiás, do Maranhão como do Pará. Visitas mais amiúdes, comentários que extravasavam exigências. Não lhe foi difícil compreender que estavam ali a cobrar o seu quinhão, e não em condolências ou solidariedade.

A princípio, Dario seria o único herdeiro, fato que, aos poucos, até passou a duvidar. Procurou não pensar no assunto. Esta não seria a questão principal. A mãe, nascida em Carolina, finada há décadas; e, agora, ia-se o pai, num silêncio incomunicável. Não deixara testamento, orientações, cadernetas de haveres e deveres, cartas, recibos, livros-caixa, demonstrativos bancários, bilhetes em código, pistas sobre como proceder. Nada. O que aparecia, e crescia, isto sim eram as cobranças. Cobranças veladas, mal explicadas.

Os matutos, como se tivessem combinado, vinham sempre com aquela conversa mole, conversa pra boi dormir como seu pai gostava de reiterar, achegando-se ao seu lado, proseando manso, fino, até que armavam o bote, apresentavam uma mágoa aqui, uma malquerença ali, umas reticências, algum negócio desfeito, um nozinho que ficou engasgado, outro complicador, o que não fora resolvido... Sempre algo impreciso: você sabe, a gente tinha muito em comum, se queria muito, era seu irmão, viajamos muito carregando boi de Goiás e Minas aqui pro Nortão, mas... É preciso acertar umas contas, uns trocados, apenas...

Queriam imprimir os seus labéus em mim, como a me obrigar a repartir o tantinho que ainda ali restava. As quantias, e sempre tudo se resumia a quantias, originariamente pequenas, e que cresciam com o tempo, qual um canal miúdo que se alargava, com a força da correnteza, terminavam em valores bem gordos. E, estes tipos, ele aprendeu, sempre tinham os cálculos afiados, provavelmente feitos e refeitos, mesmo que de cabeça, pois de papel passado e firmado, em verdade, ninguém se apresentou — quando foi, o como foi, os porquês e os não porquês, os mandados, os pagos e os não pagos.

Dario ouvia-os atento. Assim me disse. Sempre polido. Confessou-me que estava muito mais atordoado com a saúde do pai que em suportar estes ataques pacientemente. As muitas novidades ao mesmo tempo impunham-lhe uma temperança que jamais imaginara dispor. De alguns, pensava em se ver livre oferecendo-lhes a mobília da casa, os mourões de cerca lampinados na esplanada da antiga serraria, alguma rês que ainda vagava num piquete, os cavalos, que de nada lhe serviam, e eram o xodó do pai, o tilburi... De fato, Dario mostrou-se de imensa perseverança no escutar calado e nada responder. Aguardava que a cobrança se renovasse, uma, duas, três vezes, que o tal se reapresentasse com provas cabais, que voltasse a remostrar os cálculos, as complexas explicações.

Todos sabiam que as terras encontravam-se empenhadas. O banco queria pôr em hasta pública nos próximos meses, pois a cédula já vencera e os prazos prorrogáveis se findaram. Um negócio de gado mal apalavrado, diziam. Emprestado o dinheiro, a garantia em boi foi comendo a riqueza da família. O comerciante agiota tinha parte com os juízes em todos os graus, tudo bem amarrado até no supremo. Em verdade, era ele que aplicava o dinheiro de toda aquela montanha de gente do fórum, do garçom ao desembargador. Comportavam-se como em uma jogatina, festas de percentuais em lucros mirabolantes. E, como se vangloriava o tal fulano, não cobrava comissão. Era um sujeito sempre bem-vestido, que passava pela catraca da segurança sem ser revistado, deixava lembranças nos bolsos dos guardas, das ascensoristas, dos atendentes. Tinha passe-livre. Era esse seu apelido, não era? Passe-livre.

À boca pequena, dizia-se que a *comissão* que ele cobrava era para executar os bobos que caíam em sua arapuca. Tudo muito claro aos olhos da justiça. O comerciante nunca perdera uma causa. Tinha costas quentes, gente graúda o protegia em todo o Mato Grosso, o Pará, enfim, o Nortão era passe-livre! Os amigos de cima valentemente lhe garantiam a negação aos recursos dos infelizes demandantes. Quanto mais se delongava a causa, mais a terra valia, e engordava seu butim de agiota. Quando não havia mais recurso, a terra seguia para hasta pública, avisava aqueles que lhe deviam favores, armava o circo, a arataca, apurava o seu valor, e partia para novos golpes. Um mestre que já tinha lá os seus aprendizes pelos muitos rincões do país.

* * *

Dario olhava do alpendre o tanto de vizinho e conhecido que ali estava. Algumas vezes se dava ao trabalho de contar quantos eram, de onde vinham. Passou a tomar notas.

O nome, o apelido, este mais importante que o nome, a idade estimada; enfim, o que conseguia apurar, de onde vinha, o que reclamava, como conhecera seu pai, que história contavam... Fazia-o escondido. Pedia desculpas de tempos em tempos, recolhia-se para o quarto e apontava o que se recordava. Algo que chamava atenção virava o codinome do fulano, para que ele se recordasse deste caso.

O que mais notou foi que a notícia da grave doença de seu pai deveria correr solta porque, nestas duas semanas que ali se demorava, conhecera mais gente que nos cinquenta anos de convivência com seu pai na época de desbravamento da região. As razias se seguiam, rapineiros e invasores, incursionando em sua varanda como se fossem parentes, dos seus, sem se incomodar em serem polidos, esparramavam-se onde encontravam um canto.

O mais intrigante, pensava Dario, é que ninguém aparecia com papel na mão, com provas contundentes, garantidas, com firmas reconhecidas, com papéis passados em cartório, em bancos... A cobrança poderia ser até mesmo bufosa, mas era na palavra. No fio do bigode, como seu pai sempre dizia. Meu filho, o que vale aqui é a palavra. O fio do bigode, o ferro e o fio de cerca. Dario nunca entendeu. Não teve tempo de perguntar ao pai sobre estas últimas partes — o ferro e o fio de cerca... Naquele tempo não se ocupava em compreender, porque a pressão só aumentava e seu único intento era apontar as tais dívidas — as cobranças — e ver-se livre de tal gentinha.

Anos depois, Dario me contou, mas isto levou um bom tempo mesmo, que até os vaqueiros antigos, companheiros de comitiva de seu pai, apareceram assim, do nada. O que mais o intrigava era como souberam da doença do velho. Eram aqueles três mineiros, os três reis magros, como brincava seu pai, gente de fala fina, sem freio na língua, destrambelhada, que ficou famosa ao cruzar o cerrado todo e trazer o maior rebanho jamais visto no Nortão. Entregaram a maior parte do gado em Paragominas praqueles paulistas mão de vaca. Também soube que uma ponta foi pra Tomé-Açu, pros japoneses, mas estes não pagaram tudo; foi aquele bafafá. Desse trio, Dario até cogitara que os tais reis magros seriam lenda ou já tinham virado pó. Que nada. Na hora agá, apareceram todos pimposos, de cinturão dourado, procurando sua parte.

Dario aprendeu ligeiro a distinguir os interesseiros dos amigos. Os primeiros eram arrodeadores, caborteiros, cheios de matreirices e salamaleques, bisolhando tudo, pondo preço! Gente mais noturna que diurna, disfarçada de gaturamo. Todos cheiravam a couro e suor de cavalo e alguma pinga barata. Seu comportamento era o mesmo, sem tirar nem pôr.

Dario cogitava se seu pai agiria da mesma maneira, mas preferiu não seguir na trilha dessa ideia. O que estes companheiros de sela e cocho o levavam a pensar foi: será que seu pai teria dado certo na vida porque debandou-se pro Nortão; e, eles não alcançaram tal situação porque ficaram no Goiás? Ou era outra a razão. De certo, mesmo, é que estes peões valentes, para Dario seres mitológicos e gigantes na coragem, agora eram a mesquinhez em pessoa, asquerosos e interesseiros. Nada os distinguia dos demais, rapinas que voavam no entorno da casa de seu pai. De qualquer maneira, a questão perdurou um bom tempo — pra esta gente antiga haveria algo a se pagar?

O fato que mais transtornou Dario, e sobre o qual só me disse bem depois, foi que ninguém aparecia para confortá-lo; nem mesmo aqueles empregados que ele ajudou a construir sua vida de pequenos sitiantes após deixarem o serviço em sua fazenda. Dario esperava mais, talvez algo como saber de seu paradeiro, por onde andaria, o que era feito de sua vida ou, simplesmente, fazer-lhe companhia, matar o tempo até o enterro.

Não, ninguém o mirava com essa piedade necessária aos tementes. Só o Zé-menininho, aquele sapeca que rodara com o cavalo muito novo e puxava uma perna, somente ele se mostrava solícito e carinhoso. A queda atingira sua cabeça. Ficara desacordado muitos dias e, quando voltou a si, parecia uma criança novinha, com quantos? Uns 10 ou 11 anos? Dali em diante não houve o que o remendasse, médico, padre, pastor ou impostor... Mas pra serviço manual não havia igual. E preguiça ali não se encontrava. Era só amor este Zé-menininho, amor verdadeiro, pegajoso de bom. Abraço dele, ah, valia por dez... Tão logo soube do sucedido e viu o Dario, agarrou-se nele. Aliviava-o, claro que o aliviava, porque, efetivamente, sentia pelo Dariozinho a perda do Darião.

Zé-menininho não conseguia falar direito; as palavras se atravancavam na boca, saíam, mas distorcidas, fora aquela voz fina e de taquara rachada. Assim, o nome do pai do Dario vinha mastigado, só a parte final. Ão. Havia que se conhecer o comprido de suas frases pra costurar os muitos sentidos que nos presenteavam. Eram mais bênçãos que frases, pois vinham carregadas de verdades cruas, das quais temos dificuldades enormes de compartilhar ainda que as pensemos no foro intimado de nossas vidas.

* * *

Os abraços apertados e carinhosos do Zé-menininho não resolviam o contestado. E havia ainda a pressão daquela gente. Quando parecia que a calmaria se estabeleceria, vinha logo um outro sicrano, lá depois do outro vizinho, quatro porteiras pra diante, contar mais um causo, que sempre findava com uma estocada nova. Uma cobrança diferente, inesperada. De começo, acreditava em todos e nas suas lereias, porque eram botes de cobras criadas. Mas, com o corrido das semanas, Dariozinho já solertava mais sabedoria. O pai não melhorava e ele se convencera de que nada poderia fazer senão ficar a seu lado e esperar sua hora derradeira. Agora era aguentar o tranco e se defender de tanta peçonha arrodeando a casa.

De ouvinte atento, passou a perguntador. E, impaciente, logo enfiava uma questão difícil atrás da outra pra desarmar o conversador. E surtia efeitos. Esse comportamento não era comum à natureza de Dario, porém ele encontrou nessa artimanha um jeito de se defender, de se livrar de umas gentes ou, da imensa maioria delas. Bom pescador, Dario até dava linha, mas anzol bem encastoado não perde presa, e ele rasgava a boca de muita gente neste jogo de palavras. Um curso intensivo de desatrelagem de nós.

No final, foram três semanas, depois me disse. Mas parece que fiz um curso intensivo de safadeza e malinidade. Eu nunca te disse, Dario, mas quando você voltou do enterro, eu percebi que ali havia outro homem, mais maduro, pés no chão. Isto o contentou, de alguma maneira. Foi como se eu o confortasse com esta verdade verdadeira.

De fato, depois destes muitos dias de visitas, não havia mais rosto novo aparecendo. A partir daí, Dario se deu por satisfeito. A lista era razoável, de primeira, o número de interessados parecia bem maior, eram as repetições, os disfarces, os jeitos destes unzinhos. Dariozinho, é como se a cada dia de sofridão enviesse mais desta gente. O comentário da Dona Maria acertava na mosca, e ainda arrematara. Esta gente é urubu, só aparece pra dividir carniça. Povim.

E por que tudo isso?, ele especulava. O mais razoável foi o que surtiu de um comentário desinteressado, apanhado num corredor ensolarado, num meio de tarde... Parece que um contou pro outro, que pro outro contou... que o Dariozinho era mão aberta, diferentemente do pai. E, que se não fosse agora, na derradeira hora, o coraçãozinho do menino ia virar tão duro como o do Darião e ele ia voltar lá pra terra dele, sumir qual passarim.

* * *

Do quarto do pai atracou-se com o terço, a sua rede de dormir tecida em buriti, o porta-retratos de uma mulher. Não era de sua mãe. Ele não sabia de quem se tratava. Nem se parecia com qualquer pessoa da família. O reio de estimação estava na traseira da porta. Apanhou-o. O embornal grande, o mais solado, também. No embornal colocou cuidadosamente o que confiscara pela casa antes da chegada dos interesseiros.

O restante ficou nas gavetas, cautelosamente dobradas as roupas, os livros velhos na estante da sala, as louças no armário grande. Talvez houvesse algo precioso. Mas careceria procurar. E Dario não pensava em esquadrinhar toda a casa à procura de lugares ocultos, esconderijos para algum valor que, certamente, não existiria.

O que o preocupava era o arresto de suas memórias. As visitas que fazia ao pai, ainda que houvessem se amiudado no eito dos anos, traziam-lhe coisas boas. O pai não possuía álbuns de fotografia, cartas, diários, nada que pudesse guardar a sua fala, seja pública ou íntima. Dario contou-me que, de certa maneira, satisfizera-se com a busca. Sentia-se aliviado por não se deparar com algo impossível de levar em sua motocicleta. Bastava o que estava no embornal. No máximo, poderia amarrar algo na traseira, o que ainda correria o risco de cair com o tanto de trepidação da estrada.

Em seu escrutínio da casa e do curral, só faltava abrir um quarto. O secreto quarto de arreios. Um quarto que dava pra fora e estava fechado. Em verdade, era uma casinhola separada da sede, ali, geminada, mas tinha seu telhadinho próprio. Em sua memória, nunca vira este cômodo aberto. Mesmo quando vivera alguns meses nesta casa, entre uma escola e outra, e fuçava cada buraco de tatu, não se recordava de ter penetrado no guardarreios. Nome dado pela turma do campo.

Talvez o quarto estivesse fechado há muito tempo, porque a porta parecia emperrada e havia teias de aranha por toda parte. Há quanto tempo conhecia aquela casa? Quarenta e cinco anos? Não foi difícil quebrar o velho cadeado do tamanho de uma mão. Até teve pena em destruí-lo, porque seria uma bela peça artesanal, um peso para os papéis em sua mesa na Câmara?

Efetivamente, o quarto era um rebuliço só. Tralhas inteiras jogadas no chão, os baixeiros carcomidos pelo suor, as traças e o tempo. Muita sujeira vinda do telhado, porque ali não havia forro. Lascas de madeira para alguma fogueira, pedaços de ferro lançados a esmo. Entre panos rotos, arreios velhos, couros carcomidos e mofados, parecia que nada prestava.

Quando olhou com mais atenção, pensou em levar aqueles ferros. Na feita que tocou em suas pontas, recordou-se de algo que o pai lhe transmitira com imensa seriedade — aqui, meu filho, tens a história da família. Por longos minutos foi recordando seu pai, ao percorrer os ferros com os dedos, seguindo os números, adivinhando as letras. Repetiu as palavras, deslumbrado e feliz, sorrindo pela primeira vez em muitas semanas.

Dona Maria estava ao seu lado e, tocando-lhe suavemente o ombro, insistiu. Leva, meu filho, isto lhe pertence. Se alguém encontrar, vai jogar fora ou vender no ferro-velho. Talvez ela soubesse do que se tratava, mas não divulgava a alegria em ver o interesse de Dario. Dario disse que a observou com lágrimas nos olhos. Sorriu em resposta.

Dario me disse que seria impossível levar o tanto de ferros que havia no guardarreios. Muitos eram séries inteiras de números, de letras, em diferentes tamanhos. Como se ali estivessem prontos a imprimir, em tipos móveis, porém em vez das caixas de madeira a dispor os tipos, estavam os ferros de marcar.

Havia uma coleção de zeros que mereceria uma parede inteira se fosse exposta. Zeros das centenas, zeros dos milhares e os zeros dos dez milhares. Estes, os números, não o interessavam. O que o intrigou foi um alfabeto grego incompleto. E, principalmente, um π, o *pi* que tanto abominara enquanto estudante. Que rombo imenso este π lhe causara no boletim escolar. Este, sim, fazia questão de levar. E destes *pis* havia-os em diferentes tamanhos, em bronze, em ferro e numa liga que não soube reconhecer.

Recordou-se da pena que tinha do berreiro dos bezerrinhos deitados no chão, peados para se aplicar o ferro em brasa em seu dorso ou, mesmo, em sua cara ou pescoço. Quando era moleque, não pensava em nada disso. Entendia que a maneira de se saber a idade do bicho, a quem pertencia, de que vaca se originava, dependia destes ferros.

Acontentava-se quando via aquelas vaconas imensas, que na tábua do pescoço carregavam diversas marcas dos bezerros que pariram ao longo da vida. A vida útil como queria seu pai. Sentia-se culpado pelo tanto de bezerros que desmamou, transformados em novilhos com a marca do ferro quente!

De qualquer maneira, os ferros o encantaram. As letras com maior quantidade de pontas, as mais bonitas, recolheu-as. Alguns ferros em bronze, bem torneados, com cabo que levava uma assinatura, ilegível. Em alguns havia datas no cabeçote do ferro. 1876. 1912, 1928... Da maioria tirou o cabo de madeira para facilitar a embalagem e preparar um volume que acondicionasse na garupa da motocicleta.

O ferro representava o viver de seu pai, tangendo bois que marcava na partida, em direção às terras do Nortão que pouco conhecia. Chegando a seu destino, contava e recontava os animais, entregando-os remarcados com o ferro do novo dono. Quando morria algum boi, o trabalho era recortar a marca de ferro no couro e levá-lo como prova da precariedade de sua vida.

Os prejuízos? Ah, sim, uma parte era aceita por conta da viagem, das dificuldades. Se de um tanto passasse, era o boiadeiro a assumir a conta. Darião se vangloriava. Na mão dele nunca teve que sacrificar a sua parte e de seus boiadeiros.

Seu devaneio encerrou-se abruptamente ao ouvir um crescer de vozes vindas da sala. Seu pai antecipara sua morte para o entardecer. Antes que Dario completasse a pesquisa sobre os ferros, a notícia rastilhava na casa. Com o burburinho batendo à porta, Dario deixou o quarto bastante satisfeito.

A posse do feixe de ferros o tranquilizara. De todos os dias, este fora o primeiro em que se sentia aliviado. De certa maneira, tratava-se de um rito de passagem. Um momento de se separar daquela casa, daquele homem tão importante a ele, e que partia, desassombrado. Dario sentia-se mais dono de si. Os ferros, os ferros. Assim se referia às peças enferrujadas que me apresentou com imenso entusiasmo e orgulho.

Em mãos de outrem dificilmente fariam sentido. Para ele, tratava-se do elo com seu pai, sua referência, seu amuleto. Protegiam-no contra qualquer malinidade que pudesse assombrá-lo. Num momento de desabafo, em que ninguém o vira, a não ser sua fiel Maria, empunhou um ferro como se fora uma espada e, brandindo enfurecido, desafiou a escuridão e os cobradores... Que venham, aqui estou eu com meus ferros a me defender!

Aquela visita ao quarto, ao tempo profundo, no derradeiro momento que se dedicava à casa, oferecia algum sentido para a longa cerimônia de despedida de que fora forçado a participar. A um duelo com seu passado, confessou-me. A partir dessa visita, sentia-se marcado para pelejar por uma nova vida, como se cada ferro representasse uma contenda que deveria superar.

A cova estava preparada há dias, como ele mesmo ordenara a Maria, que contratara os camaradas de sua confiança, gente da capina e lida. Ficava ali, na beirinha do brejal. Onde tem saparia pra mó-de-nunca-cabar!

Os gatos pingados que restaram mais Maria e Dario realizaram o enterro, além dos dois camaradas, Pedro e Lino, que iam descer o corpo, escondê-lo com terra, terra preta, fresca e úmida. Estes eu reconheci porque sempre os vira arrodeando o fogão da Maria, debruçados na janela e, vez ou outra, lançando a enxada na terra. Curioso que somente agora davam o ar de sua graça. De antemão, talvez não desejassem ser confundidos com os demais. Se por isso fosse, Dario os perdoava pelo sumiço e a ausência. Pelo menos me senti bem ao lado deles, apenas solicitude, solidariedade, confessou-me.

O enterro, este sim. Queria-o o mais singelo. O recado de Darião a Maria fora desambiguizado. Aqui, pra me enfiarem na terra, não carece nada, não. Me embrulhem numa rede da varanda. Basta quem de mim gosta. Sem um pio, sem música, sem flor, sem vela.

Dario não queria padre. Dariozão também diria não. Pra quê? Pra pedir esmola também? Pra dar lição de moral em casa de morto? Nunca! Dizia. Com o tal do Céu já tou negativado, do tanto de missa que me fizeram ouvir no colégio.

Mesmo assim, um de cá, outro de lá, houve quem entoou uma reza, um canto revivescido de sacristia, sussurrado, quase inaudível. Murmurando, os demais o acompanhavam. Sabiam de cor! Há séculos ninam nessas rezas, nem mais atinam o que se diz. O sentido das coisas, os ditames do mundo. Repetem, respondem, imitam, balbuciam, rezam e tornam a repetir, ladainhando nas línguas obtusas que apreenderam e criaram para se expressarem. Uma homenagem ao que parte. Uma bela homenagem, Dariozinho me desabafou. Dariozinho se emocionou. Esta cerimônia, com efeito, deixou-o feliz, pela sua verdadeirice.

Finda a encomenda do corpo, o Dariozão debaixo da terra, os visitantes foram se amiudando, sem dizer adeus, chapéu na mão, cabeça baixa, no silêncio maior das convenções. Não eram da turma daqueles cobradores, percebia-se claramente. Não havia pedidos, ameaças, só olhares fugidios e de piedade.

Maria também preparou sua trouxa. A mala velha, que nunca viajara, ganhava a estrada. Para onde iria? Deu-me algumas pistas. Uns parentes longínquos. Uma prima com quem se correspondia e que ficara na casa de sua avó. Foi tudo que soube. Sem olhar pra trás. Tomou o rumo da estrada; chapinhava os pés no barro.

Dariozinho e ela já haviam se despedido. Porque na hora seriam incapazes de lidar com os assuntos práticos, com o encerrar dos capítulos que se deveriam concluir. Ele pagara-a com o que tinha, despejando o que os bolsos comportavam, com um pouco do que descobrira nas roupas de seu pai, nas gavetas de esconderijo. Deu-lhe um pacote com alguns santos que ornavam o oratório. Aquele pequenino, de prata, principalmente este.

Dario perguntou-lhe se queria algo mais. Acenou que daria um jeito de arrumar mais quando retornasse pra sua cidade. Maria pôs a mão no ombro do rapaz. Agradeceu com os olhos. Não carecia.

Dario também se foi. O último a partir. Com um loro bem curtido que retirara da sela de seu pai e uma cincha de doma, apertou bem justo o renque de ferros na garupa da motocicleta e deixou a casa. Antes, tocou fogo na casota de madeira que servia de quarto de arreio, cuidando para que a casa não fosse afetada. Esta ardeu que foi uma beleza. O fogo terminou rápido. Ficou aquele fumacê. De longe, na estrada, ainda divisou a neblina do fogo que rondava o ambiente.

Nunca mais voltou lá. Nem teve notícias de qualquer um que por ali morasse ou que recordasse de seu pai. Ninguém veio lhe cobrar as tantas dívidas que cuidadosamente apontara. De Maria também não teve mais conhecimento.

Ele tinha certeza que, se alguém efetivamente intentasse, facilmente o encontraria. Sabiam a cidade onde morava, onde trabalhava, na Câmara, era vapt-vupt, e haveria ali um bando de cobradores para o apoquentar.

Mais que as dívidas, Dariozinho temia a violência. O bando que arrodeou-o na casa do seu pai não era flor que se cheire. Durante um longo tempo se assustava com a possibilidade de alguma desafronta. Alguém poderia aparecer para tirar satisfação, difamá-lo na Câmara, em sua rua ou, até, armar-lhe uma tocaia... Nada. Nada aconteceu. Mesmo assim, ele manteve bem guardado aquele caderno com as notas que fizera a cada cobrança que recebia. Eram mais ameaças que cobranças! Desabafou, na última vez que o vi.

3. O Navio

Jonas saíra em disparada, arfando, bastante aflito. Perdera a lancha dos estudantes. Esta seria a última barca. A dos estudantes era justamente no horário que deveria seguir, das 22h30. Quanto às outras, estas às vezes partiam, às vezes não. Rezava para ainda encontrar alguma barca esperando lotar, ainda que fosse uma lancha. Nunca se atrasara tanto. Com certeza, perdera a merenda que a mãe sempre lhe guardava. Seria surpreendente se ela não estivesse na rede, dormindo.

Pudera, ficara ali, enrolando uma conversa mole com a Taiana, querendo convencê-la já nem se lembrava bem do quê. Queria ficar com ela um pouquinho mais. E, nisso, perdera a hora. Corria desbragadamente, saltando as montanhas de lixo, os bueiros entupidos, os que dormiam embaixo das marquises, livrando-se das mesas de bar empilhadas. O Paes de Carvalho, apesar de próximo, exigia uma boa pernada até o porto na Siqueira Mendes.

De jeito algum considerava pernoitar em Belém. Afinal, sem ter onde ficar, dormiria, novamente, no chão encharcado da Praça do Carmo. Sua mãe lhe advertira. Toma tento, menino, se dormires na praça, vão te roubar de um tudo. Levam o que tiveres, até tuas cuecas. Esta última frase o fazia estremecer. Até as cuecas! Mesmo assim, encontrou um jeito de se afavar com a advertência materna. Repetia-a, imitando os trejeitos da mãe. Cuecas? Por que não seria cueca, no singular? Ah, deve ser por conta das calças, das pernas... Mas a gente, por aqui, fala a costa, e não as costas?

Esses pensamentos fúteis não o impediam de serelepar por cima de qualquer obstáculo. Pelo contrário, apertou o passo. Assim que entrou na Siqueira Mendes, quase escorregou. Estava escuro, e o passadiço luzidio de pedra lioz das calçadas da Cidade Velha não ajudava. Quem lhe segurou o braço foi uma jovenzinha. Jonas agora tomava reparo na lepidez da garota. Ela era mais rápida que ele, delicada no pisar, voava. Sabia escolher as pedras para evitar cair. E, o mais impressionante, não olhava para o chão. É como se soubesse onde estavam os buracos, as armadilhas, o lixo... Jonas agradeceu-a com um sorriso e um gesto positivo. Deu para ver que não estava de uniforme; vestia algo diferente, não sabia explicar o quê; naquele momento nem deu muita bola pro jeito dela. Lembrava-se apenas da cor encarnada da blusa, cor forte, do jeito que ele gostava.

A menina também seguia no mesmo caminho, entrou primeiro no portão da empresa de barco. Desceu quase sem fazer barulho aquela velha ponte de ferro, que sempre tremia quando ele passava, e se sentou ao fundo da embarcação, numa sombra. Jonas novamente percebeu que todos preferiam se abancar ali, na sombra, na popa do barco, mesmo com todo barulho que o motor logo mais faria. Ele, para não desfeitar o magotinho de gente, pediu uma *cença* e terminou com um genérico *boas-noites gentes*. Adorava aquele boas-noites no plural. Sempre achou que as noites eram muitas e se sucediam à medida que as horas passavam. Largou-se no banco de madeira, procurando, aliviado, acalmar-se do tanto de correria.

De fato, mais dois gatos pingados apareceram, igualmente desesperados, e logo o marinheiro soltava as amarras, recolhendo os pneus e ligando as luzes de guia. Tá livre, mestre, mete bronca na biela. Tá na mão, cunhado, respondeu o comandante lá da proa, abrindo caminho com o farolete, caçando algum tronco na água, basculhando a escuridão do rio.

Jonas, mais calmo, agora reparava na garota que o ajudara. Queria agradecer, saber de onde era, enfim, puxar uma conversinha pra matar o tempo. Estava curioso, mais que tudo. A Taiana já era água passada; nem se recordava do assunto que tanto o retardou e quase lhe fizera perder a lancha. Procurou-a entre as pessoas do fundão, que estavam bem juntinhas. Entreviu-a, numa área ainda mais escura, coberta com um pano na cabeça, e algum tipo de boné, também encarnado. Achou o tal boné muito feio, porém engraçado. Tinha duas tiras junto das orelhas como se fossem barbelas, mas não serviam para amarrar.

Percebeu que, se ela não dormitava, disfarçava bem. Talvez nem quisesse falar com ele, saber de onde era, o que estava fazendo ali, naquele último barco. Jonas queria mesmo era lhe perguntar se teria namorado e o que fazia em Belém àquela hora. Fixou o olhar em sua direção. Verificou que, efetivamente, estava toda coberta, como se sentisse frio. Muito diferente, pensou, ainda mais arrebatado. Porém, com a zoeira do barco, o galeio do rio e o adiantado da hora, o sono veio esmaecendo seu interesse, e logo se esqueceu da moça.

Deveras, o popopó do barco era pra lá de ensurdecedor. De lancha nada tinha; não atinava porque chamavam aquilo de rápido, lancha rápida, pra quê! Pra ele era mais uma balsa lenta e velha. O cheiro de diesel quente também era muito desagradável. Jonas conhecia tudo isso de cor e salteado, afinal, há alguns anos, fazia este trecho diariamente. Nunca tão tarde, diria depois para mim, na primeira vez que resolveu contar o que se passou naquela noite. Eu fui a primeira pessoa a quem ele resolveu desabafar.

Naquela viagem algo o incomodava, porém não atentava o que seria. Jonas igualmente fingia cochilar, mas seu olhar alongava-se percorrendo aqueles viajantes do último barco. Ao seu lado haveria uma meia dúzia de pessoas, e logo percebeu que todos eram homens. Do outro lado, uns cinco metros à frente, tendo o motor no caminho, uns oito ou nove passageiros, todas mulheres. Como Jonas fazia pilhéria de tudo, logo disse para si mesmo. Parece até fila de banheiro, cada um sabe em qual vai entrar. Realmente estava escuro, até um pouco difícil contar o número exato de pessoas, mas sua visão de coruja ajudava.

O motor agora arremetia com toda a força. Até soltava um foguinho pelo escape quando tossia e quando uma onda mais forte obrigava-o a se esforçar ainda mais. A maré vazante ajudava o pequeno barco de madeira, bastante acostumado àquelas águas revoltas e traiçoeiras. Jonas parecia confortável, dominando aquele ambiente que emitia os mesmos sinais que tão bem conhecia, e, bastante relaxado, desfrutava da viagem.

Deixaram o Combu pra trás; ainda havia algumas lâmpadas acesas nas casas, pouco movimento nos trapiches. Um ou outro lavando louça no jirau. Latidos de cães na noite escura. Na Ilha das Onças, da mesma forma, pouca gente acordada. Está certo que muitos vivem pra dentro, nos furos. Bom, por ora, tudo corria na maior normalidade. Cada vez que o barco se aproximava da margem, o barulho do motor aumentava. Estrilava, ecoando o seu som ardido.

A lua, na maior preguiça, mostrava-se como uma nesguinha e, com isso, havia tal profusão de estrelas.

Mas Jonas não reparava nas estrelas. Eram as margens que o interessavam. Ele, um caçador de visagens, queria divisar algo de anormal, digno de nota, capaz de mudar o rumo das coisas, tornar a noite mais emocionante. Quando perguntei a Jonas por que ele, em toda viagem, ficava ali, caçando visagens, queria saber quando isso começara, mas ele não se recordava. Lembrava-se de caçar passarinho de bodoque, pra isto era campeão. Quem lhe incutira essa caçada de visagens foi seu avô, este sim, vira tanta coisa!

O que parecia uma viagem tranquila, logo se mostrou uma verdadeira aventura, com situações surpreendentes. Isto porque, depois de avistarem algumas luzinhas lá na altura do Carnapijó, e, com o barco navegando no meio do rio, o motor deu de engasgar. E tanto fez que, depois daquela bateção e umas quantas explosões, o bichinho deu prego, parou e deixou-se arrastar pela correnteza.

Decerto, era para a luz de emergência funcionar, mas o marinheiro logo explicou. Ei, minhas gentes, tem luz não. E ia logo entregando o comandante, apontando para ele, no escuro — o tiozinho não teve grana pra trocar a bateria. Agora é que são elas. Vai tudo ficar no escuro. Minhas gentes, vai logo adesculpando. Ninguém retrucou. Jonas até pensou, também, àquela hora, naquele meio do nada, o que se haverá de fazer? Então, o melhor seria esperar quietinho, concluíra.

Todos seguiram em suas vigílias, e a maioria nem mudar de posição, naquele banco duro que só, mudou.

De fato, esta novela de motor enguiçar no meio da viagem era muito corriqueira. Mais velha que colocar água no açaí pra oferecer pra visita. Não demorou muito e lá veio o comandante, pisando no pé da gente, vai adesculpando qualquer coisa aí, pessoal, e dizendo que precisaria abrir o motor. Com a lanterna na boca, alumiando bem pouco, solicitava, arreda um pouquinho meu maninho, brigado parente. Com as mãos livres, ia tateando o lugar certo pra prender a chave grande e retirar a capa do motor.

Eu, que costumava caçar visagens na margem, agora me interessava por aquela operação da qual todos nós dependíamos. Até duvidava da capacidade do comandante. Mas que opção teria? Bico-seco era seu apelido, e, de seu verdadeiro nome, pouca gente se recordava, parece que Jesuíno de Jesus Maria ou algo assim...

O banzeiro foi levando o barco pra margem do lado do continente, pras bandas do Carnapijó, e de lá apareceu um assobiozinho fininho e intermitente, quase imperceptível. Mais pra diante, outro assobio igual respondia, e ficavam, assim, naquela troca amigável, e cada vez mais alta, mais próxima. Eu, pra mim, passarinho não era. Como o bichinho ia cantar no escuro? Mesmo que fosse acordado por algum barulho, haveria um piando e não dois. Fiquei interessado, pois finalmente veria as visagens que tanto caçava nas viagens.

Pois foi. Me arrepiei todo quando ouvi aquele troço piando a alguns palmos de mim. Até dei um pulo no banco, mas o restante do povo nem se mexeu. No lugar que estávamos dava até pra pular pra margem, ou vice-versa, como eu temia. A tolda do barco já batia na galhada, e a escuridão parecia ainda mais compacta ali na margem. E os pios seguiam soltos, mudando daqui pra ali, corre pra cá, dali pra acolá, até uma baforada eu ouvi entre um assobio e outro.

O comandante nem virou a cabeça, o marinheiro tampouco. Perguntar? Não perguntei, não queria irritar o comandante. Se o fizesse, certamente o serviço demoraria mais e, o que mais desejava, era sair dali, chegar em casa. Já tava satisfeitíssimo com a assobiação geral. Mas num teve jeito, não aguentei. Ó Seu Bico-seco, que diabo de bicho é este? O Bico-seco me olhou, e percebi porque o foco da lanterna veio direitinho pros meus olhos. Até me cegou por uns instantes, mesmo na fracura daquele facho. É o diabo do bicho, moleque, vê se aquieta e não incomoda. Assim, a gente não sai daqui mais nunca. E falou bravo e arredio, até bateu com a chave grande na chapa que cobria o motor, fazendo um barulho, um téééém estonteante.

Mais do que sem graça, fiquei foi curioso por que tamanha reação. Eu fizera apenas uma perguntinha, nada mais, e veio o sumano com as duas patas, me coiceando! Novamente ninguém se mexeu, os passageiros seguiam naquele seu sono escuro, sem se darem conta do que se passava. Havia roncos diversos, estribilhos de ressonações. Pois aquele assobio prosseguia, agora intercalado com uma respiração alta que vinha lá do escuro do mato.

Parecia de gente, daquela gente que dormia no barco. E esse ressoado era de algo grande, um bicho de respeito. Numa das ressoadas até senti o bafo quente do bicho bem perto, até perto demais.

Um assobio e duas respiradas, das longas. Eu estava mais assustado que cego em canoa sem remo. Aquilo não era normal. Quis interpelar o comandante e ele, novamente, sem me falar, só focou a lanterna em mim, fez-me um gesto preu me calar e, com medo, me aquietei.

Daí a pouco, o barco deu uma balançada, e aquele povo que estava ao meu lado pulou na água. Foi uma espumação danada, esparralhação de água pra tudo que é lado, o barco ficou naquele bamboleio, como se um peso enorme tivesse de um lado e, sozinho, procurasse o ponto de equilíbrio. Pra dizer a verdade, foram todos de uma vez só. Tomei foi um sustão danado.

Vão tardes, ó gentes. Do jeitinho que o cramulhão gosta! Gritou o marinheiro, enxotando as sombras com as mãos. E deu aquela risada que eu nunca mais esqueci. Uma risada nervosa e estridente, saída lá do fundo do estômago vazio, do oco da noite grande. Uma gargalhada que vinha desossada, soltando todos ares que um ser humano pode gastar numa casquinada das boas.

Eu, quietinho, encolhi-me no meu canto, abracei foi muito a mochila com os livros, e continuei ali, mudo, chocado, molhado da tanta algazarra que foi aquilo. A piação cessou de vez, havia um silêncio de noite escura.

Sentia frio, porque uma corrente de vento vinda da mata invadia o barco com uma força que não conhecia. Friagem mesmo, como dizem que tem lá no Acre, mas aqui, nestas ilhas, nunca ouvira falar.

Pois logo tudo se aquietou, e vi o povo que fora pra água voltar pro barco, como se tivessem satisfeitos. À medida que subiam já vinham até meio secos. Nada falavam, apenas retorciam algum pano ainda molhado. Novamente, todos cobriam os rostos. Não pude sequer divisar qual era aquela jovenzinha que me ajudara lá na calçada da Cidade Velha.

Me disse. O que mais espantava Jonas era o forte cheirume de peixe. Daqueles catingosos, efedorentados mesmo. Enquanto observava o povo retornando a seus assentos, não é que o comandante lograra ajeitar o motor, e fez que fez, acertou a fiozarada no lugar, enfiou a capa no motor, lé com lé, cré com cré, e o bichaninho voltou a espocar e esfumaçar o ambiente, gemendo e entoando aquele baticum ritmado que tanto Jonas desejava ouvir. Jonas sorvia, feliz, aquele ar fétido de diesel molhado, e nunca dera tanto valor a um motor velho e destrambelhado.

Os passageiros, tal qual no início da viagem, dormitavam ou fingiam dormir. Um ou outro continuava a exalar um pitiú dos mais fortes e empestantes que Jonas sentira. Era mais que isso, uma fedentina das brabas. Jonas me disse que até pensou — se eles pularam na água pra se refrescar, por que diabo catingavam? Pra quem reclamar?

Jonas preferira o silêncio, e, com uma barra da camisa, apertava o nariz pra se esconder do miasma pútrido. Ele me confessou que não se lembra quanto tempo aquilo durou. Memorou que o motor ainda engasgou umas tantas vezes, mas parar mesmo não parou. Ficou naquele rame--rame, mas logo tomou tento e seguiu, varando a noite.

Ele tem certeza que dormiu, porque, quando se deu por si, chegavam no trapiche do Carnapijó. O barco estava vazio. Por algum milagre, o candeeiro estava funcionando e pôde subir com segurança até o seco. Assim que chegou em terra firme, Jonas saiu desembestado, enfiando na reza tudo o que sabia de cor: ave-marias, pais--nossos, salvem-se-todas-as-rainhas (assim mesmo...) e um par de versos da Ladainha de São Sebastião, que aprendera com Padre Alessio, lá nas Pontas das Pedras. Nem olhou pra trás, pra lado algum. Não queria saber de comandante, marinheiro, da menina, de quem quer que fosse. Assobio nenhum ouvia, pra sorte sua, porque senão correria ainda mais.

No dia seguinte, na hora de voltar a Belém, foi perguntar sobre aquele barco, falou o nome dele, algo que terminava com ias, *Comandante Messias*, ou era *Comandante Elias*? Alguma palavra parecida. Não, presente de Deus não era, de Jesus tampouco, nem algo que os neopentecostais gostam de batizar suas charangas. A uns quantos inquiriu sobre o comandante, o Bico-seco, o marinheiro, aqueles passageiros, a hora que chegaram ali. Nada.

Não, ninguém ouvira falar de tal embarcação, nem vira algo a tal hora. Deve ser o Navio. Falou um marinheiro mais velho, que ouvia tudo, atentamente, encostado no Bar da Tita. E, saindo de sua própria escuridão, resolveu desembuchar. Quando eu era jovem como tu, Joninhas, eu vi também. De lá pra cá, tu és a primeira pessoa que fala do Navio. Isto dá sorte, menino, veje eu, corpo fechado!

Como aquele velho sabia o nome dele? E, ainda, o apelido que só sua mãe o chamava. E, mesmo assim, fazia bastante tempo que ela não dizia Joninhas. Isso o preocupou mais que a história em si. E Jonas sentiu no bafo do velho o mesmo pitiú que infestara o barco na noite anterior.

Entretanto, mais curioso que assustado, Jonas insistia com o velho para saber o nome do barco, onde morava o comandante. Olha, rapaz, tu és novo, tem futuro pela frente, não te metas com estas coisas, este é o Navio Fantasma e ponto final! Este povo de baixo mora prali, e mostrou com o beiço o fundo da água. Ali só tem poção, é cada rodamoinho de dar medo, engole o mundo. É escuro, e como é. É povo do fundo, não te metas com isto. Povo do fundo quando tá de boa não malina com a gente. Deixa eles na paz.

Aquelas palavras rebojaram na cabeça do Jonas. Ele chegou mundiado e mofino em Belém e resolveu retornar pra casa na lancha seguinte. Quando abeirava-se ao trapiche, ali estava o mesmo barco, o Navio Fantasma. Ao lado, o barco que costumava tomar. Jonas pensou bem, talvez ali morasse a explicação pra tudo.

4. O abridor de letras

Pinduca, assustado, acordou suando a valer. No escuro, tateou o chão onde deixara os barcos ainda inacabados e nada encontrou. Com as palmas das mãos e dos pés, reconheceu apenas as fendas da paxiúba, que tão bem conhecia. Humm. E agora, este sumiço geral? Mas quando?, perguntou-se. Buscou ao lado da rede a caixa onde guardava os fósforos. Onde está a vela? E a lamparina? Sabia que não poderia contar com a velha lanterna. Negacearia, como sempre. Humm.

O sonho ainda lhe aturdia. Por duas vezes, deu em sua cara duas leves palmadas para ver se acordava. Porém a imagem que lhe vinha do sonho era mais sortida que a escuridão. Neste, incessantemente, lutava contra a fuga dos barcos. Ele, puxando um e resgatando-o. Mas assim que o prendia, outro se extraviava, e logo mais um e... Todos se viam em movimento, navegando no ar como se fosse um grande rio, sobre o Igarapé das Almas, onde Pinduca morava.

Pra acordar de vez, Pinduca pulou na água. Nadou de volta pro seu trapiche e, agora sim, desperto, deitou-se de barriga pra cima nas tábuas do porto pra se lembrar direito do sonho. Isto tinha certeza, que, no sonho, pulava na água atrás dos barcos, que estavam no ar sobre o Igarapé e nada alcançava.

Verdadeiramente desperto, o que lhe vinha à cabeça era o prejuízo pelo desaparecimento dos barquinhos de miriti. O trabalho do verão inteiro perdido. Inclusive as letras estavam ali, acabadas, abertas pra valer, como sempre quisera fazer em barcos de miriti. Resultado: neste Círio passaria a chibé e chula. O que diria a seu irmão, Pedro, sobre a devolução do dinheiro? Vontade mesmo era de sumir no mato, sair de mansinho num casquinho, como quem não quer nada, e fugir por uns tantos meses até a fera se aquietar.

Sem precisar em que momento, Pinduca pegou no sono novamente. A chama da vela se extinguiu. Quando acordou, os barcos estavam lá. Mas havia um imenso rebuliço. Uns sobre os outros, como se houvesse uma borrasca naquele pequeno quarto na casinha solitária no meio do açaizal, na beira do Igarapé das Almas. Muitos barcos quebrados, uns mastros avariados, as tintas jogadas também, pincéis pendurados na parede, qual pregos. As letras dos barcos estavam embaralhadas, e havia letras pintadas nas soleiras das portas. Que era aquilo? Até por fora da casa havia tinta.

O artesão, assustadíssimo, saiu dali do jeito que pôde, evitando danificar ainda mais os seus brinquedos, e correu pra casa do vizinho. Zé Preto e a velha Nita moravam na outra margem do Igarapé; em verdade, do outro lado do furo, como costumavam dizer. Pinduca desatrelou o bote e remou com a mão mesmo até alcançar a casa do Zé Preto. Subiu na lisura daquele pau de miriti e, se equilibrando, foi bater na porta do vizinho. Ó de casa, pode-se entrar?

Nita, há pouco acordada, acendia o lume no fogão a lenha. As achas verdes espocavam e esfumaçavam. Nita pelejava com o abano pra espantar a fumaça e produzir brasa. Dia, comadre, pelo menos carapanã se espanta com tanto fumo! Dia, compadre, que tal, e que faz aqui o famoso artista, nesta madrugada fria? Acordou com vontade de quê?

Comadre. Tu nem sabes por que tou aqui. Foi um sonho danado de estranho que me agarrou e me deixou tontinho. Comadre Nita, quando acordei, todos os barquinhos tavam montoados, as tintas no chão, abertas; os pincéis, pregados na parede, como se fossem facas. E os nomes dos barcos, Comadre, as letras todas embaralhadas...

Virge, compadre. É caso pra Tia Branca. Num volta lá sozinho, não. Porque, pra tu voltares lá no teu cafofo, tem que limpar o terreno. Tu vais lá, agorinha, tu chamas a Tia, e eu vou apanhar as plantas pro banho.

Pinduca desandou a correr pelo trapiche do Zé Preto, varou pro quintal da Dona Lica, e assim foi, de sítio em sítio, passando o açaizal do Ditão, o cacaual de Dona Santa, até alcançar o barracão da Tia Branca, já na outra comunidade, bem na cabeceira do Das Almas. São João da Boa Vista era o nome daquele galho de rio.

Encontrou a Tia Branca de frente pro seu altar, limpando as imagens, lustrando os espelhinhos de que tanto gostava, o alguidar colocando flores de jasmim, lírio e as ervas para-raios sobre a Nossa Senhora de Todas as Nossas Senhoras, tirando a çaroca das velas que ramelavam o chão.

Tia Branca, Tia Branca. Dá licença? Toda, Pinduca. Que ar de quem viu visage é este, seu menino? E foi, vi, foi mesmo. Deve de ser. E quem seria, então? Mas conte lá, Seu Pinduca. O que foi que te deu tanto alvoroço?

Pois foi, eu dormi mal. Não sei se foi o açaí com leite, ou porque já era muito tarde e tava morrendo de vontade de comer jambo e, só de preguiça, não comi... O que foi foi que acordei, todo suado, assustado, e, no lugar dos barquinhos que fiz estes dias, eu vi todos eles jogados prum canto, as tintas no chão, os pincéis como cravados nos pés de Jesus, pregados na parede. E as letras que eu abrira no dia anterior estavam todas trocadas, não dava pra ler mais nada. E a cada vez que contava, Pinduca aumentava um tanto.

Eras, Pinduca. Isto merece um banho bem dado. Tu não foste na Sexta da Paixão? Deu nisto! De descarrego é pouco pra ti. Tem que ser banho de limpeza completa, de trancação por dentro e por fora. Precisa fazer serviço na tua casa também. Vamos ver que jeito se dá, seu menino. Mas Tia Branca, só se a senhora for na frente, limpar pra gente. A Nita me disse pra não voltar lá sem a senhora, que só a senhora ia me agarantir da minha desobriga.

Tia Branca olhou o pobre daquele homão de um metro e noventa, encolhido no cantinho do quarto de oração qual menino acuado; tremia e estava mais branco que urubu novo. Ficou com pena. Tia Branca, sem pressa, terminou a arrumação de seu altar. Cobriu Santo Antônio com um paninho. Protegeu as imagens que mereciam atenção, virou a grande imagem de Nossa Senhora de Todas as Nossas Senhoras pro lado da luz, e fez um gesto largo, que Pinduca não entendeu, e disse: Pois, sim, vamos que é hora.

Pinduca agradeceu com a cabeça. Encolheu-se mais um pouco, mas se levantou num átimo. O tempo todo em silêncio, os dois percorreram o caminho entre as casas de Tia Branca e a de Nita. O que Pinduca fizera em cinco minutos, atropelando tudo que vinha pela frente, os dois percorreram em quase meia hora. Tia Branca parava, olhava de cá, olhava de lá. Baixava pra catar uma plantinha, uma semente, uma casca de árvore... Rezava um pouquinho e seguia adiante. Lá no alto, o sol já queria encontrar algumas fendas no chão. Dava um jeito de se enraiar pelas copas dos açaizeiros. Vinha procurando um caminho, desistindo de outros, tal qual fazia todos os dias...

Quando alcançaram o trapiche de Nita, esta chamou a dupla. Tia Branca, vem cá. Me dá tua bênção? Esta subiu os três degraus que levavam ao assoalho da palafita, segurou-se na soleira da porta pra se recuperar da caminhada. É a idade, Dona Nita. O tempo da gente vai chegando, e nem a maré grande ajuda. Deixe estar, Tia. Eu queria é alcançar os teus 90 anos com este corpinho de moleca que a Tia tem, de que sobe no açaí no escuro e traz três cachos tufados de gordos.

Jogados os confetes, as duas puseram-se a sorver, vagarosamente, o café ralo que Nita preparara. Na eira da porta seguia, cuíra, o Pinduca. Tia Branca nem lhe deu trela. Só reparava na afoiteza do marmanjo. Uma tapioquinha também foi servida. Pinduca não quis. Coisa rara, Pinduca!, comentou a Nita, separando o mel para o descarrego.

Tia Branca apanhou uma, comeu bem devagar, fazendo bolinhos com os pedaços que se desprendiam. Entre um gole de café e outro, um muxoxo, uma palavra, como se estivesse pensando no que iria enfrentar. Talvez, pensou Pinduca, ela estivesse lá na ligação direta com alguém supremo. Tu sabe, né, Nita. Isto é armação grande. Tem gente braba solta por este mundo, é o coisa-má, e mais dia menos dia aparecem na nossa porta. É cobra criada, vampiragem!

Tia Branca, mas igual a senhora tá pra aparecer uminha! Pra desfazer encantaria, só chamar a Tia Branca.

Ninguém pode com a senhora. Tia Branca fez que não ouviu. Perguntou. E que é que a Nita colheu lá no casquinho. Nita apontou com o beiço o que conseguiu no jirau das ervas e no seu quintal. E falou. Arruda, vence-tudo, comigo-ninguém-pode, espada-de-são-jorge, pião, o do roxo...

Tá bom, minha filha. Era pra ser outras, mas estas servem, é a necessidade que faz a escolha. Da cozinha me traz uma mão de semente de cominho. Tia Branca passou a mão nas plantas, quebrou algumas, jogou parte pra dentro do balde, amassou outras, rezou algo que Nita não divisou compreender. Fez um buquê com as folhas. Balançou o maço de plantas na água que estava ali no balde. Passou o maço num ombro e no outro, depois sobre sua cabeça. Sempre falando, rezando, lá pra ela mesmo, sem se explicar, sem se preocupar com o que estava à sua volta.

Aquela preparação levou um bom tempo, provavelmente mais de uma hora. Isso não incomodou Pinduca, nem o deixou cuíra. Sabia que a Tia dava conta do recado. Depois vieram as duas, a Tia Branca na frente. Cada qual com um maço de plantas amarrado a uma vara, como se fosse uma vassoura. Pinduca ajudou-as a passar pelo tronco liso do miriti, acomodou-as como pôde no seu casquinho. Tirou um pouco da água do fundo com a cuia, mas os bancos seguiam molhados.

Bastaram quatro remadas e já estavam no porto do Pinduca. Ele subiu na frente, deu a mão à Tia Branca, e, com força, trouxe-a ao trapiche. Nita logrou subir por sua conta. Antes de entrarem viram um clarão bruxuleante lá do interior da casa e vozes, bem roucas as vozes. Pinduca se arrepiou todo. Mas, Tia, eu não deixei a vela acesa.

Tia Branca, na frente, balançando a vassoura de ervas. Nita, atrás, levava outra vassoura e um balde com água, a modo de alguidar de viagem, com outras tantas ervas maceradas. Aumentaram as vozes à medida que chegavam perto da casa. Tia Branca, sozinha, foi, por fora, lá pro fundo da casa, e veio, rezando alto, arrodeando o chalé. Pinduca bem que reparou que ela ficou um tempão de frente pra canoa das ervas. Tinha era vergonha, aquilo era um matagal e se via poucas ervas com serventia.

Tia Branca reparou que no redor da casa tudo estava muito limpo. Algo que nunca vira na casa de Pinduca, com fama de bagunceiro e descuidado. Pinduca, que bom que tu limpaste teu jardim, pelo menos as cobras não virão aqui esta noite. Tia, tia, eu não fiz nada. Não fui eu, me perdoe, tia, só sei fazer barquinho e abrir letra. A senhora sabe. Me perdoe, Tia. Pinduca, nervosíssimo, tremia de medo. A luz vinda da casa continuava forte. A cada golpe com a vassoura, e com o banho de cheiro aspergido pelas janelas e pelas portas, as vozes diminuíam.

Assim que Tia Branca pisou no primeiro degrau, a vassoura de ervas ficou chamuscada. As cinzas caíram no chão e logo desapareceram. Tia Branca parou. Rezou uma Ave-Maria o mais alto que pôde. Nita seguiu-a na reza.

Pinduca não conseguia acompanhar, estava afônico. E a Tia continuou. Afasta do mal este menino que aqui está, bicho-branco, amaldiçoado! Busquei vossa morada nas profundezas, nas trevas dos vossos mundos baixos, nos fundos dos fundos dos fundos fundos. Nesta casa mora a justiça, a paz, o amor e a esperança.

E pediu. Repitam comigo. Falou outras rezas que nem Pinduca nem Nita conheciam, e estes, assustados, seguiam tudo que a Tia Branca mandava. No meio da reza chegou o Zé Preto, que, da mesma forma, juntou-se ao grupo. Este trabalho de limpeza durou boa parte da manhã, senão a manhã toda. Ninguém ficou cansado nem assustado ou tomou reparo no tanto de horas que corria. Apenas seguiam as orientações de Tia Branca, bem circunspectos e preocupados com o sucedido.

De fato, aos poucos, a luz que vinha do interior da casa foi minguando. Pinduca criou coragem e entrou, sozinho, na casa. O quadro era ainda mais assustador. Sua rede estava amarrada ao teto. Havia cinco velas em posição vertical, pregadas nas paredes ao lado de cinco pincéis, e ainda se via as chamas das cinco velas que, surpreendentemente, eram horizontais ao invés de verticais. As velas tinham jogado grandes quantidades de cera no chão. Havia quase um metro de cera sob cada vela. Mas quando? Como é que uma vela tão jitinha pode soltar tanta cera, meu Deus?

Pintado na parede havia algo. Uma letra caprichosa, mas os caracteres eram enigmáticos, e parecia um raio.

Ao lado um desenho, difícil compreender se era a imagem de uma pessoa ou de uma casa. Haveria uma mensagem, Tia?, perguntava Pinduca, desolado com mais esta peça. Não importa. Te aquieta, meu filho. Tudo vai se clarear. Na outra parede, uma paisagem, um barco, um rio, uma casinha e duas palmeiras de açaí. Um bom abridor de letras, Pinduca pensou de si para consigo. Até poderíamos conversar, trocar ideias. Toda casa que se preze carece de uma paisagem pintada na parede. Pinduca sempre sonhou abrir letras como profissão, mas Deus quis que ele fosse artesão de miriti, e as letras vinham ali, jitinhas, apertadas nos brinquedos, quase imperceptíveis. Assim comentava com seus parentes.

Os barcos no chão estavam todos pintados. Cada um de uma cor. Em tons fortes, como se a tinta fosse passada duas, três vezes e com grande vigor. Brilhavam à luz do sol que já vinha rocinando pela janelas.

Os pincéis enterrados na parede, na mesma parede que fora pintada. Não havia sinal dos potes de tinta. As letras estranhas ocupavam todas as soleiras das portas. Ninguém compreendeu a mensagem. Lindos, disse Nita. Viu, Pinduca, não tinha por que se chatear. Você nunca fez barcos tão bonitos. Pinduca, de tão assustado, nem conseguia falar. Em verdade, a voz não lhe saía. Continuava a tremer e estava muito pálido.

Tia Branca ainda seguiu, com sua vassoura chamuscada, batendo-a em todas as paredes. Submergia a ponta da vassoura no balde e aspergia o banho pela casa. Rezando,

rezando. Pronto, meu menino. Pode aproveitar que a casa já é tua de novo. As velas eu levo comigo. Os pincéis você enterra bem. Os barcos, você vende. As letras nestes batentes das portas, cuida bem, seu menino, não deixa estragar não. Vem aqui fora, vou lhe dar um banho de descarrego pra tu entrares novo na casa. E esta roupa tua aí, queima logo, tem que ser hoje. Tu não vieste na Sexta Santa, agora tem que controlar este fechamento.

Foram para fora e, lentamente, Tia Branca jogava água na cabeça de Pinduca, repetindo aquelas mesmas rezas que nem Nita nem ele, Pinduca, conheciam. O balde inteiro se foi nessa ladainha, e do banho saiu um novo Pinduca, cheiro-cheiroso das ervas, risonho e falador.

Pinduca sentou-se naquele banco de andirobeira talhada, debaixo da mangueira, e ali ficou, bem tranquilo. Todo seu aturdimento passara. Aliás, há muito tempo não se sentia tão bem, tão desanuviado. Tia Branca já observava os efeitos de suas rezas, mesmo antes de lhe dar um banho e de encostar os raminhos no seu menino.

Pinduca agora seguia a orientação da mestra. Deste dia em diante, os barcos de Pinduca eram os mais lindos do Abaeté. Sua casa era visitada por todos. Onde mora o Pinduca, aquele artesão famoso? Tem cliente pro abridor de letra, e como capricha o rapaz! Lá no Igarapé das Almas. É pertinho. O senhor quer ir lá?

O chão ele pintou de azul e amarelo, cada tábua de uma cor, como nas casas-grandes de Belém quando havia acapu e pau-amarelo. Na cozinha, cores fortes, vermelho-verdadeiro e azul-celeste. Tia Branca ainda mandou Pinduca colocar no quintal doze varas coloridas. Doze apóstolos, disse. Divindades, ainda sussurou-lhe ao ouvido: pra cada vara tu formes um quintal com uma canoa cheia de ervas. E mantenhas cada barquinho bem limpo, bem bonito. Vou te passar a receita. Cada um de uma cor. Isto vai te proteger. E abre tua letra em cada uma com o nome de um apóstolo. Abras uma letra por semana. E depois do nome dos apóstolos, copies estas palavras aqui. Um dia vou te revelar o significado destas palavras. Simplesmente passes o que vai aqui neste papel.

Pinduca, veje lá, não te esqueças do que te disse agora. Muita atenção, seu menino. Pinduca fez que sim, anotado e compreendido. Assim vive, até hoje, ainda faz um barquinho ou outro, é mais por encomenda. O que gosta mesmo é de abrir letras, e pintoso igual ele há poucos neste Pará. Quem sabe um dia eu te conto pra onde ele mandava as ervas que moravam nas tais doze canoas-apóstolas.

5. Mamí tinha razão

Mamí tinha razão, esta história de cidade debaixo d'água, prédios adernando *a la* Torre di Pisa, ruas-lagoas, igarapés chafarizando de dentro de casa, carros boiando... Bela porcaria! Bem, o que tenho a dizer sobre isso? Eu, pra mim, e vou falar com sinceridade... Você sabe, não minto, me enrolo todo pra contar uma lorotazinha, a mais pobrinha que seja. Isso, pra mim, de morar igual peixe, glub-glub, em cidade de água? Pra mim, não. Qual a vantagem? Não vou ficar aqui! É muito impossível, muitíssimo impossibilíssimo!

Nada me convencia a esperar o último pau de arara. Pra quê? Todos sabiam, a água só subia. Já falavam pra gente deixar Belém. O Marajó já era... Pra mim, era tempo

perdido ver a água crescer a cada dia... No mais, da Mamí...
É nisso que tu tens interesse? É por isso que vieste aqui,
não foi? Tudo que sei foi o Netinho que me contou. Eu sei
que tu queres entender a história desde o início. O que
puder me lembrar te conto! Prometo. Ele foi junto. Não
desgrudou dela um instante. Eu, no lugar dele, teria feito
o mesmo. Foi bom para os dois, tenho certeza, isso sim.

Por que não fui? Não sei, na hora nem raciocinei. Bati
o pé, disse que não. Humm. Se me arrependo? Nadinha.
Aconteceu tanta coisa. Pelo menos reencontrei a Mamí e
o Neto, felizes, fortes, gordos, rindo à toa. No frigir dos
ovo, isso é o que importa, né?

Foi sim, ele e mais ninguém. Não sei se tu sabes, ele não
tem papas na língua. Contou-me de um tudo. Tu também
não aprovavas a Mamí? De fato, de primeira, quem é que
acreditava em Mamí? Mamí, mulher avançada pro seu
tempo. Arrojada, corajosa... Mas tudo mudou quando
virou mãe de santo... Mãe Mamí, não sabias? Disseram
que ela era a escolhida. Não carecia de iniciação. Algo
assim, não tenho mais certeza. Ela, reinando sozinha, a
sacerdotisa-mor.

Era um fuzuê quando ela desandava a falar daquele
jeito molenga, revirando os olhos, jogando-se no chão, a
boca espumando, e aquele bafo de cachaça! Fumo, muito
fumo. Preconceito? Sim, eu admito, na época tinha
muito. Todo mundo a respeitava, e como. Talvez, agora,
ainda guarde algum rancor dela. Ela me proibiu de ir lá.

Não me explicou por quê. Quanto aos outros, não se importava. Mamí, quando estava recebendo a entidade, fumava horrores. Menina, eras, pra tu veres! Lá em casa fedia a fumo de corda. E a catinga que era aquilo!

As tias, estas, olha! Que brigaiada. As irmãs carolas, as duas, a mais velha e a outra, a do meio, esconjuravam, chiavam, salivavam a sua fealdade diante da irmã menor. Na janela, o tempo todo, mexericando, apertando o terço nas mãos até quase esmigalhar as pobres das continhas. Nem as tábuas da janela aguentavam tamanha aporrinhação das duas.

E xingavam, falavam aquelas palavras religiosas como se espinafrassem alguém. Afasta-te do mal, criatura! E daí pra mais. A religião dos outros... E então? Nada escapava da dupla tenebrosa. Carniceiras! Sobrava pra ela, pra Mamí — desta uminha, a irmãzinha, a jitinha. Beiço pra cima, e a fala, dura, contundente — é o Candomblé! É o Codó inteiro invadindo a cidade... *Vade retro*, sataniz. Aqui não! Aqui é o Reino da Santinha. Ninguém quer saber da religião de vancêis! Aqui é solo sagrado, ungido e abençoado. É a terra das basílicas! Das mangueiras sagradas...

As duas eram pau-e-pedra! Danadas de fulas, prometiam mais, gritavam pra fora. Que isto, que aquilo, que iriam desforrar, que na próxima procissão do Círio estes satanizes veriam com quantos paus se faz uma canoa. E tinha mais, falavam em reações enormes, gigantescas, que escureceriam o céu. Os santos iriam convocar os exércitos celestiais, todos os santos disponíveis e indisponíveis, visíveis e invisíveis para o grande combate do bem e do mal.

Pra quê? O mundo todo se arrependeria. Esperassem pra ver. Pra elas tudo era possível. Até parar a chuvarada, estancar a subida do mar, tudinho. Era só o povo dar com as caras no terço e pedir pra São José. Se ele fazia chover, era hora de desfazer. Que desatasse os nós do céu! Muito que bem, que fechasse a torneira!

Que Santa Bárbara também enviesse. Pra proteger dos raios, das raivas, das tempestades destruidoras. Todos se prostrariam, seriam débeis, malemolentes... Mas, que não tardasse, estava demais. O mundo precisa ser redomado, o mundo todo, malcriado. Repetia a mais velha. Dissera que foi o padre que as orientou a agir assim. Mas quando? Reclamava a outra. Não tem mais padre. Isto é tolice tua, maninha! De qualquer maneira, fosse quem fosse, no que elas acreditavam mesmo era na superioridade da Santinha. Todas as religiões iriam se curvar, e aceitar a maioral das maiorais. Só ela pra destampar o ralo do mundo e fazer a água baixar.

Eu, quietinho, ouvia-as atentamente, rindo-me todo, de mijar nas calças de tanto rir. Desta vez, não aguentei. E gritei lá do meu canto: e agora, maninhas, com a Getúlio Vargas debaixo d'água, só vai restar a procissão fluvial pra levar a Santinha embora, pra longe, pra bem longe de Belém.

Eu falava em tom tão solene, como quem lesse: *o vencedor herdará tudo isto, e eu serei seu Deus, e ele será meu filho*. Elas até se assustaram, mas se lembraram da passagem. É. Tu tens razão, concordou a do meio. É o apocalípsio... O Deus, o Poderoso. O fim final.

Eu ainda segui na pilhéria. Vocês já compraram o remo? E o casquinho? E fugia pra não ouvir a resposta da mais velha, chumbo grosso na certa. É assim, assim mesmo que elas falavam, chispando faísca. Até palavrão ouvi das duas marocas. Mas, em mais de quarenta anos, foi a primeira vez que vi o desespero das duas diante do mundo em águas, o futuro, uma canoa furada, caçando o fundo. Depois me cansei da algazarra. Perdeu a graça. A situação era bem séria mesmo. De tirar o cavalo da chuva.

A última vez que as vi foi quando as deixei no Trapiche Central, que na época era bem mais seguro. Aquele lá perto de casa se foi em poucos dias, babau. Tu sabes, as carolas falavam o tempo todo, juntas. Na canoa grande era uma berração, todo mundo enlouquecido, rezando. Choro de criança era música perto da grita dos marmanjos desesperados. As duas numa cochichação doida. Eu só ouvia uma falando pra outra. Grita baixo que é falta de educação. E outra pra uma: educação, e agora tu vens me falar de educação, eu quero é me salvar, chegar na outra margem, escapulir, benzadeus, tu não me entendes? Se a gente vai pra este Trapiche Central não adianta nada, vai virar comida de sarapó.

A água tava mesmo descabelada, batia no barco enxurrando a gente. Cada pranchada! Água grande, traiçoeira, raivosidade, correnteza pra todo lado, sem rumo. Eu inventava coisas pra distraí-las. Minhas tiazinhas, sobre a Santinha, eu já até tenho um plano. Santa que é santa boia, num boia? Confirmaram com os beiços enrugados de tanta água. Funcionou a distração. Boia!

Pois então. Este barco não vai pro fundo. Vamos chegar sãos e salvos no Trapiche Central. Vocês se agarrem bem nesta santinha aí, que ela é a nossa salvação. Riam, mas de furiosidade, nervosisse. As mãos apertadas nas minhas. Cada qual de um lado. Eu pelo menos me sentindo útil. Ficava tranquilo quando estavam falando mal dos outros — é porque estavam na ramerrenta da vidinha delas. Pelo menos serenavam e acompanhavam o pô-pô-pô do motor.

* * *

Eita povinho malino! O povo. O povo, só falação. Diz-que-diz. Alevanta suspeita, mas confirmar, nada. Não confirma! De Mamí falavam de um tudo. Mais era no mexerico, no trivial das besteiridades, com a mão na frente da boca, baixinho, pelas costas. Coisaruim tá nela... É obra do Sata. E lascavam cusparadas ao chão. Falta a Santinha na vida dela. A conclusão de sempre.

Cruz-credo, mas, da sua parte, não. De Mamí, nada. Ela não inventava, só falava aquelas coisas no transe. Depois, mudismo total. Os comentários. Sempre do gênero: nunquinha mesmo que se deu por vencida. Taí uma bichinha firme, arretada. Ninguém ousasse governar a tal. É cavalo sem brida, desgoverno geral. Era só lhe darem uma rasteira e lá estava ela, pimposa, limpando a poeira e erguida, em pé, sem rancor. Sangue de cearense, determinada. Eita, olhos pra fuzilar uma asneirenta, ela come a gente só de olhar. E... faz a gente mudar de ideia na hora, ali mesmo, no urgente.

Por conta desta aguaceira toda, taí um estirão de vontade imensa, pra desenrolar uma vida inteira. E ela ainda convenceu muita gente. Isso eu sei. E como? Eu vi. Eu vi o Netinho aprendendo o que ela sabia — como se deveria proceder no caso de enchente. Como é que se nada, se boia, e como se leva a roupa em tempo de inverno longo, e se mantém a roupa sequinha, no saco plástico, a trouxa de salva-vidas, na frente, pra descansar os braços, até achar um trapichezinho que seja... Que mato pode comer, o que é bom de remédio.

E o mais importante — como convencer as pessoas de que ela, Mamí, estava certa. Que não era doideira dela não. Que o mundo ia naufragar e seria preciso buscar algum refúgio. Teria que ser longe dali, em lugar mais alto. Asneira da grande ficar naquela planície aguada e sem futuro de Belém. Pra quê?

O Netinho sempre provocou a Juce. Tal e qualmente a Mamí. Que isso iria acontecer, que mais dia, menos dia, a grande maré se armaria. E depois era só tufar, descer a água cá embaixo e rasgar tudo. Uma pororoca só, a definitiva.

É, ele também, tinha absoluta certeza. Neto entendeu logo. Convicção inabalável a desse menino, desde pequeno. Nem foi preciso entuchá-lo de verdades, explicações complicadas.

Mas atenção! Frisava. A maré virá quietinha e persistente, caladinha, com seus dedinhos invisíveis. E ele fazia o movimento com as mãos, flutuando-as no ar. E era disso que as pessoas tinham medo — do *caladinho*. Serem surpreendidas enquanto dormiam, ou longe de casa, sozinhas.

Vai cobrir o lençol do mundo! Os olhos arregalados, as mãos para o alto indo pra baixo, lentamente, como se naufragassem. O Ver-o-Peso, a Catedral, os dois palácios, as praças. A prediada que o povo desandou a vender e construir. Os shopinhos, como gostava de chamar aquele poleiral de lojas e lojas sem graça. A água vai entrar terra adentro... Demolição! Pelas estradas, pelos canais, pelos bueiros, pelos canos, por todo buraco que encontrar vai surgir e ressurgir. Repetia, convicto, as palavras de Mamí.

E repisava o gesto de que a imensitude de casas e comércios sumiria como em jogo de dominó. Tudo viraria um grande rio, o rio-mar, e aquilo iria lá pro fundo, pra ficar escondido. Escafandrido, como brincava Netinho. O Amazonas invertendo seu curso, milhões de anos depois. Pra sempre. Sim, pra todo o sempre! E, arrematava, como ponto final e finalíssimo.

Dito e feito. A Mamí acertou mais esta. A cartomante. A adivinheira! A charadista, a pitonisa! A lê-mãos! Bruxa, bruxa, bruxa é o que ela é!, repetiam, desesperados, agora na cara dela. Teve quem quis linchar a pobre. A que fazia amarração com coisa séria, o oceano do mundo... Foi ela que fez a gente ficar nesta situação, debaixo de água e água e mais água. Perder o apartamento comprado a prestação...

Mas quando? Ela ria, mais surpresa que desenxabida. Depois aquietava-se. Tanto fazia se dissessem que fora ela, ou que não fora. O populacho seguia malinando: azar o dela. Ela também perdera tudo. Não salvou coisa alguma. Nadinha de nada.

Eu posso te garantir que ela cansou de avisar as irmãs, seus parentes, enfim, quem ela conhecia, quem a visitava sempre. E na rua também, eu vi Mamí pedindo licença e contando suas histórias. As pessoas riam que só. Depois ela parou, viu que não adiantava. Aqui em casa? Quantas vezes? Mais pra minha mãe que ela falava. Minha mãe até que acreditava nela, mas, mole do jeito que era, não mexeu um pau! Talvez por isso. Foi a primeira que desapareceu. Deve ter sido na onda forte, a Pioneira.

Mamí vivia aqui. Olha, maninha, eu vim aqui só pra te avisar. Junta teus tarecos, vai-te embora, criatura, tu, ei, tu, tou falando contigo, não sejas lesa! Que a água vem, vem, e vem tufando. E tu, maninha, por que é que só vem aqui avisá e não te vai também? Porque não é minha hora, tô aqui gual turu, furando madeira podre no meio desta água toda, Mamí respondia, desconsolada.

Na hora certa eu vou. Quando meu Orixá me chamar, e eu receber o aviso lá do alto, eu vou. Iemanjá inda tá aqui, na terra. Maninha, eu tou doidinha pra ir embora. Já sei que será um deus nos acuda esta enchente. Mas, não, tenho que esperar. Mas, tu, não. Te arreda daí, maninha, deixa de ser preguiçosa, te escapa agora.

Eu presenciei umas quantas vezes esta cena na casa de parente, das tias. E a cada visita, Mamí saía tão amolengada que eu me preocupava em segui-la até sua casa. O fato é que ela chegava em casa e arriava na rede e nada mais a tirava de lá por um dia inteiro. Nem comer esta uminha comia. Poderosa esta mandingueira! Poderosa, só ela, pra tu veres! O povo gostava de comentar...

Deveras, Mamí era a tal, a quiromante-mor. A pítia-mundrungueira. Por onde passou a água, não ficou poste em pé. As mangueiras boiavam como grandes marombas. Os bichos se agarravam nelas, nas ervas-de-passarinho — gato, cachorro, mucura, catita —, mas o tanto que se esfolavam por aí, que giravam e batiam, não deve ter sobrado animal dependurado.

No começo ainda se via alguma ponta de edifício, uma antena, um amontoado de entulho engastalhado em obstáculo escondido lá no fundo. Porém, no mais das vezes, raro sobrava uma parede, tudo arruinado. A qualidade das construções é fraca, material de segunda, como sempre se soube e nunca se fiscalizou. Economizaram nas obras, as más-línguas ferinas açoitavam os empreiteiros.

Na maré baixa... e, repare bem, o movimento da maré não parou, tu precisas ver, até que dava pra divisar o marrom geral das coisas lá no fundo, a água pesada da lama. O que se via era só barro, nada mais, e do barro-tabatinga, que nunca conheceu areia nesta vida. E com a maré a destruição foi ainda maior, porque a correnteza surtia, ora pra lá, ora pra cá, e bamburrava cada coisa, arrastava o mundo, era só tando por perto pra vê o estrago. Doidícia!

Eu vi muito lixo sendo carregado na volta da maré. O lixo antigo, que tava preso no fundo, o lixo da minha mãe, da tua, da nossa avozinha, que Deus a tenha. O lixo que a prefeitura escondia nos bueiros, nos canais. Foi preciso este mundo de água pra soltar da memória do tempo a lixarama completa. Teve gente que até se esperançou quando a água começou a baixar, mas era apenas o movimento trivial da maré, e a influência de uma lua mais desgovernada. Durou pouco. Não teve jeito, a coisa ficou pior. Só que agora tudo tava lá no fundo, uns muitos metros lá pra baixo. Pra onde correr?

* * *

Passou um mês. Dois. Nada mudou. Ao contrário, parecia que, lentamente, a água só engordava. E quando tufava, vinha de vez, inflando naquela onda danada de comprida. A verdadeira pororoca. O pós-dilúvio. O depois. O que não tava escrito na Bíblia. O que o Apocalipse se esquecera de lampinar.

Pelo menos, agora, a água crescia em silêncio. Sem o barulho ensurdecedor e a rapidez daquela primeira maré, a Pioneira. Por isso o Neto me fez prometer que iria com ele. Que fugiria, mais a Mamí. Que iam pro Sul, pralguma parte.

No Norte nada que havia. Do Marajó, então, não sobrou nem aquela pontinha de Joanes. Nem teso mais alto que fosse. Foi tudo se esfarelando no bater da água grande. A tabatinga não aguentou tanto redemoinho, as ondas comeram o Marajó. Aqueles arrozais ilegais, ainda bem, se foram... Virou mingau. Depois que as arraias se debandaram, vi que não haveria mais conserto.

Pra quem nascer agora, no depois da água, o jeito será aprender o viver do trapiche, do casquinho prali, nadando de parte a parte. Muita gente ainda tentou desafiar a água. Meu tio foi um deles. Mamí só ria, Netinho batia palmas. Ele inté construiu um muro mais alto, foi fazendo uns quantos andares pra cima da palafita. Não deu outra. A cada maré o barraco cedia um pouco, até ele desistir e a coisa sucumbir pra sumir de vez.

Ele queria guardar aquele terrenão que sempre prometera deixar a família rica. De primeira, era pra aproveitar cada metro quadrado — um conjunto de predinhos chinfrins, um pardieiro, chamava seu irmão. Desfeito o negócio, o dono da firma de engenharia era ganancioso demais, apareceu um interessado em supermercado, outro em shopping e assim foi. Nunca do tio se decidir. Agora taí, refrescado, debaixo d'água, sem ter pra onde, de bolso vazio. Dele só se ouvia: eu fico e mais fico. Agarrou-se ao último pau que ainda se sustinha em pé. São as divisas, explicava aos interessados. No dia que a água baixar, vamos saber onde a terra era minha. A tua também, Juce. Tua herança taqui embaixo, meneava a cabeça, os beiços tremelicando, e soltava um humm enigmático. E Juce mirava-o, desconfiada, e nada via senão o movimento das águas. Só barro coado, água cor de café com leite. Tá naquele edifício onde a Central do Capital me convenceu de investir. E nem perdia mais tempo em explicar. Pra quê?

De qualquer maneira, o que mais se viam eram boias marcando as ditas fronteiras, dos terrenos, das fazendas, das praças. Havia-as azuis e grandes, a partir das caixas d'água, invertidas e costuradas. As menores eram amarradas a carotas e galões. De tudo valia, até garrafa de dois litros em plástico, juntas, atreladas, formando balsas. Quanto à durabilidade dessas invenções. Bom, isso era duvidoso. Até em matapi prendiam. E a pesca do camarão, sim, senhor, esta não parou, não. Pelo contrário, os camarões agora vinham parrudos, graúdos que só.

Quando voltar ao *normal*... Juce começou. Para com isso, menina. Não volta mais. É como o passado. Mamí a interrompia sempre que Juce entrava por este igarapé do pensamento. E, se voltar, será outro mundo. Imagina o tanto de lama em cima do que tem lá no fundo. Deve ter mais visagens que coisas pra se usar. Se quer mesmo recomeçar, tem que migrar, maninha. Ir pra algum lugar alto. Bem alto. Lá pra Brasília. Pra Chapada dos Veadeiros, até praqui pertinho, Carajás, pra qualquer serra, Martírios. Bem, até o Tumucumaque, que não é serra, serve.

Mamí não falava de esperança. Quando Mamí suspirava, era o fim de alguma longa reflexão, e Juce espreitava pra ver se a maninha soltava, sem querer, alguma previsão nova. Ela, a Mamí com as suas adivinhações. Nada mais interessava a Juce que espreitar o futuro. Os futuros, como dizia Juce. Os futuros são nossos, sempre pluralizando tudo. Vangloriava-se a cada camarão vencido. Justo ela que não comia daquele bicho nojento, lixeira do mar e do rio, mas agora, que jeito? Não havia escolha.

O fato é que, pra Mamí, pouca coisa a interessava. Sua vida, como a de todos, mudara radicalmente. As mordomias, os pequenos mimos, as coisinhas que a animavam, os prazeres do dia a dia. Estes, desapareceram por completo. Acordar com o galo do vizinho. O chuá-chuá da caixa d'água enchendo. O cheiro da fornada na padaria toda tarde. Contar as revoadas de papagaios e de garças entre as ilhas e as praças... A torrefação do café. O tacacá na vizinha ao entardecer. E este recendia desde a madrugadinha. Ver televisão passando roupa, o rádio ligado ao mesmo tempo, uns recadinhos pelo celular. A panela do feijão apitando. Cheiro de cominho, ai, cominho, adoro demais. Passear com o cãozinho pela manhã, trabalhar na horta. Até os peixinhos no aquário perderam a graça. O mundo é que se aquariou, o Neto repetia, orgulhoso de sua engenhosa observação.

* * *

Pudera, Mamí, comentava a Juce. Agora que tu tá prosa, tu te aquietas! Todavia, ao passar do tempo, Mamí foi se tornando sororó, encastelando-se no seu mundico interior. Que coisa, Mamí, te animas, maninha! E Mamí contemplava aquela paisagem só água e bolor, e baixava os olhos, ainda mais desenxabida. Antes, Mamí falava mais que matraca do tempo da guerra, mais que boca de ferro da igreja na quadra nazarena. Que coisa! O gato te comeu a língua, Mamí?

Até se esforçava por construir algum raciocínio que a tirasse de tanto macambuzismo. Mas logo se rendia, quieta. Concluía que ela, ela mesma, era a culpada pelo tanto de água que corria no mundo. Isso porque ela previra aquele diluvial. Porque ela sabia!

O jeito, Neto e Juce aprenderam, era mudar de assunto. Égua do camarão, maninha. Juce destemperava o ar. E Neto, tão logo percebia a intenção, dava trela. O que mais aparece agora é esta camarãozada e uns tralhotos despranchados, de impor respeito. Mas falta mesmo faz uma pimentinha azedada no tucupi. E a farinha, neguinha? Que é do camarão sem farinha? Farinha agora num existe mais, a água levou.

De antes, tinha um japonês lá no Salgado. Deixou fugir um par deles. Inventou de criar esse bicho, virou praga. No Furo da Marinha era cada um maior que o outro. Agora só dá desse. Tem gente querendo soltar tilápia, bagre-chinês, tudo que é porcaria dos outros países. Este unzinho, o camarão, é aquele bicho, comé mesmo, malaio, isto mesmo, malaio. Este, meu Deus, se a quantidade dele era pouca, agora, é só dele. Parece até que comeu os jitinhos, os nossos, os paraenses. E quem é que acha arumã pra fazer matapi? Matapi agora só de plástico mesmo, deste plástico que boia na água marrom. Desse tem pra dar com pau.

Eles comem de um tudo, afirmou Netinho. Não tem coisa que não devorem. Até pet eu já vi na boca deles. De repente, Mamí se interessou pela conversa. Então, meu filho, a gente tá é comendo plástico? Claro! Se o camarão engole plástico, e a gente come do tal do camarão. Nóis come é plástico, e muito plástico! Neto franziu o cenho, amuou, pensativo.

Ali no Centrão é que está diferente. Ali dá pra ver o o terceiro andar em diante. É lugar mais alto. Agora, só de voadeira é que se pode vencer o tanto de igarapé de asfalto. Só na pixixita, que nas grandes fica difícil passar no meio das casas e não se enrolar em fio de poste velho. Nessa última enchente, tal foi a força da água que tudo boiou e se entravou onde pôde. Energia, nem pensar. E, se houvesse, a gente seria eletrocutado, Juce comentou.

E tem quem ainda insista, Juce completou. Tem quem queira morar do quinto andar pra cima! Mamí olhou com interesse. Do quinto? Pensei que lá na Souza Franco fosse do oitavo pra cima. Lá é. Mas, em Nazaré, tu sabes, quem pode, pode. Foi sempre assim, resmungou Mamí, Nazaré sempre prosa. Mas a maldição é que casa antiga, tudo de tabique foi dissolvido, igual farinha em água quente. Mingau. Aliás, maninha, a água tá tinindo que nem chaleira quente. Nunquinha que vi igual. Deve ser o asfalto lá em baixo. A água parada. Concluiu Juce.

A conversa foi interrompida com as duas pelejando para subir na voadeira. Esta vinha lotada. E, como Mamí era a mais velha, com peso muito acima de seu desejo, tudo se tornava bem mais difícil. A voadeira batia duro no trapiche improvisado, o banzeiro é que fazia este movimento inconveniente. Dava pra notar o perigo, a linha d'água pertinho da borda da embarcação. O silêncio imperava na ilharga, a expectativa, grande. Cada um estava a se perguntar — por que mais gente na pobre da barquinha?

Vou só ali, deixar este povo... O Zé-da-manga, agora Zé-do-barco, gritou, sem desligar o motor. Se parar não pega mais, tá tudo molhado. Assim, não deu tempo para qualquer reclamação, cada um rezando como podia, com as mãos firmes na borda do barco, as ondas vencidas a custo. E o sol, todo prosa, lambando a cara, a nuca, os braços, todo mundo chamuscado.

Mamí, tu sabias, a todo momento tu sabias que isto não ia dar certo! Isto o quê?, Mamí gritou brava, incomodada com o calor, à espera do barco, a água subindo e agora aquele batido duro, fazendo-as pular no banco. Aquilo doía; Mamí sentia dores em todo o corpo. Mamí suspirou longamente e engatou uma fala chorosa. Maninha, o que mais quero agora é sair daqui. Vamos é rezar pro Zé chegar no outro lado. Tirar a gente daqui. Lá no nosso trapiche não volto mais.

* * *

As rezas ajudaram. A maré também deu lá o seu empurrãozinho. Mais parecia um pô-pô-pô que uma voadeira. O importante: chegaram sãs e salvas. Molhadas. Umidíssimas. Não havia parte seca neste mundo.

De fato, ela não sabia por onde começar. Juce percebeu que ela queria falar, e deixou-a o mais à vontade possível. Por fim, depois de passear por diversos assuntos, Mamí se abriu. Eu quero ir pra Carajás. Juce deu um salto do banco. Quê? Mas, Mamí, é longe pra dedéu! Quem é que vai te levar lá. Tu é doida, mana?

Não. Respondeu. Eu planejei tudo. Guardei cada tostão. É lá que o Alfredo está enterrado, no pé daquela serra. Eu tenho que ir lá antes de morrer. Ele deu a vida praquela empresa. Colheu foi é ingratidão. Povinho desinfeliz. Mas, agora, tão debaixo d'água, falidos e desrumados, igualinho se passou com Serra Pelada.

Mas maninha, Juce procurou um jeito de falar sem magoá-la, devagarmente. Tu vai é morrer na correnteza do caminho. Tem eito de rio aí que parece uma baía de tanta água. Não se vê a outra margem. É água, água, água. E qualquer banzeirinho vira onda de mar aberto.

E eu num sei? Mas que jeito, então? Ficar aqui, vendo a água subir. Mamí retrucou na lata. Sem graça. Morrer de esperar, ou esperar pra morrer? Muito do sem graça. Eu vou. Preciso é de um cabra corajoso. Honesto e firme. Bom remador, que fiar só em motor de popa não é suficiente. E que venha com tempo, viagem tranquila, sem os trelelés de querer bater lá e voltar caçando passageiro.

* * *

Mamí fez que fez e encontrou um mestre atrevido, remador de primeira, destemido, que conhecia a região. E, feliz, aceitou o pagamento. Dona, eu vou porque não tou fazendo nada aqui. Tem gente desesperada o tempo todo, e a senhora tá mais tranquila que jabuti desafiando onça com fome.

Nem esperaram o dia seguinte. Foram daquele jeito mesmo, à tardinha. Conseguiram comprar algum mantimento, carregar um tanto de combustível, fizeram uma merenda do jeito que deu, e pronto. Lá estavam os três na voadeirinha mais o mestre e o marinheiro.

Dizer que foi uma viagem agradável não foi. À medida que subiam o rio, que um dia foi o Tocantins, as margens ficavam mais secas, e era possível ir pra beira, dar uma voltinha, esticar as pernas, e retornar mais alegrinho. Tomar banho, de verdade, com água limpa, foi só no terceiro dia, quando encontraram aquele igarapé de água preta, e uma corredeirazinha, onde as duas deitaram, felizes, por horas a fio. A roupa foi lavada ali mesmo. Aliás, o saquinho que a Juce trazia, com uma muda pra cada uma, foi então aberto. Não poderiam estar mais felizes. Neto, que nada levara, lavou a roupa do corpo esfregando-a na areia.

Seu Gilberto, este era o nome do intrépido barqueiro, também se sentia feliz. Perdera tudo na primeira enchente, família, casa, cachorro, o táxi que dirigia há anos, e só ficou aquela meninota, como chamava a voadeira, porque no momento do ocorrido ele estava se preparando pra pescar, e tinha o barco atrelado no táxi. Estava a caminho de Odivelas, mas não teve tempo, ali mesmo, no meio da estrada, se pôs pra dentro do bote, fixou o motor na rabeta, colocou o que conseguiu agarrar pra dentro do flutuante, e esperou a água subir. Até ajudou um casal que estava próximo, mas eles preferiram ficar numa parte alta ali da estrada, nem se lembra bem onde. Por sorte estava com o tanque cheio, e firmou a proa rumo a Belém. No mais, foi aproveitar o galeio da maré, ajudar com o remo pra modo de economizar gasolina.

Quando chegou a Belém o caos estava instaurado. As torres mais altas se destacavam no grande lago, o restante desaparecera. Se a água não tivesse baixado um pouco, aí sim nada restaria. Seu Gilberto estava lá, fazendo o papel de bombeiro, de táxi-barco, de ambulancha, do que fosse necessário. Dos seus, nem sinal. Nem foi procurar, pois os que sobreviveram eram tão poucos que dificilmente haveria mais gente em outra parte. Se migraram, muito que bem, talvez, um dia, os encontraria quando subisse pra serra.

Seu Gilberto também se deitou na corredeira, mais pra baixo, pra deixar as moças à vontade. Pra junto do Netinho. Ali também o marinheiro, o Pé-de-lancha. O nome dele, o certo, do batismo, ninguém sabe, nem Seu Gilberto. Ele não divulga. Para Gilberto, este era o primeiro dia de folga desde aquela onda que o alcançara a caminho de Odivelas. Naqueles meses, um alvoroço só, nunca se via sem atividade. Melhor assim. Ocupado, não despirocava, não se entristecia.

Vencer o trecho até a barragem foi uma epopeia. Sucede que em Tucuruí a coisa encrencou. A usina estava destruída, mas a carcaça das colunas naquele paredão formava cachoeiras espetaculares. O volume de água era impressionante, e muitos quilômetros antes Seu Gilberto percebera que seria impossível seguir pelo leito principal do rio. Ele se recordou de uma estrada que havia. A velha estrada dos castanheiros e seringueiros, como os antigos falavam. O jeito era parar naquele porto, esconder a moçoila e seguir a pé com aquele grupo desconjuntado.

Pra Mamí este era o pior dos mundos. Apesar de ter perdido muitos quilos naquele regime de sobrevivência, à base de camarão, alguma farinha, frutas e o que mais encontravam e pescavam, Mamí, idosa e sedentária, teria bastante dificuldade em vencer os cinquenta quilômetros pela frente. Sem opção, a *troupe* seguiu lentamente pela estrada barrenta e completamente destruída. Deixaram para trás, no barco, a bagagem, os de comer, os de abrigar. Em silêncio, os cinco consideravam que jamais retornariam a Belém ou àquele lugar em que deixaram o barco. Mesmo Seu Gilberto sabia que retornar seria um desafio sem igual Estava claro que sobreviver significava seguir adiante.

* * *

A boquinha-da-noite apanhou-os logo nos primeiros quilômetros. Com o terçado, Seu Gilberto improvisou uma palhoça e foi ali mesmo que passaram a noite, encostados em árvores. Pois as redes, para o lamento geral, ficaram no barco. O cansaço sobressaiu-se aos carapanãs e formigas e, pela primeira vez em meses, dormiram em terra firme.

Os dias se sucederam, monótonos e lentos, quentes e abafados, com frequentes mangas de chuvas. Chuva igual Belém..., suspirava Juce. Nada. Juce e Mamí sofreram bastante até alcançarem a vila de Tucuruí, aliás, cidade, ou o que dela restara. O movimento era grande. Pelo jeito, muitos tiveram a mesma ideia de buscar as partes altas do estado, e Tucuruí, este ponto, parecia estratégico. O plano original de Mamí era subir o Rio Tocantins até alcançar Marabá, e depois enfrentar o Rio Itacaiúnas, que tão bem conhecia.

Em Tucuruí ficou claro que não conseguiriam um barco. O dinheiro todo fora gasto. E, ademais, não havia embarcações à venda ou, sequer, para fretar. Como a estrada estava passando, a maioria do transporte era por via rodoviária. Mamí e Juce conseguiram duas passagens de ônibus. Não sabem explicar exatamente como. Seu Gilberto resolveu ficar. O marinheiro, igualmente. Acreditavam que em Tucuruí haveria mais oportunidade. Neto, sem lugar no ônibus, ficara de conseguir um outro transporte. Talvez numa lotação. Suportaria melhor a espera.

Como era impossível atravessar o Rio Tocantins, a viagem teve que ser pela Transamazônica. Ganhavam-se 20 quilômetros, mas se perdiam horas a mais, em função do péssimo estado da rodovia. Aliás, a estrada nunca esteve boa, recordava-se Mamí. O intenso tráfego de veículos tornava o percurso ainda mais penoso. De qualquer maneira, para Mamí, sentar em um banco de ônibus era bem melhor que em uma voadeira. Assim, convencera-se que fora privilegiada e que estava tudo bem. Juce, por sua vez, revezava-se como outra senhora de sua idade no banco que lhes cabia. No ônibus iam, em pé, cerca de quinze passageiros que, como Juce, trocavam-se de hora em hora uns com os outros. Quanto tempo levou a viagem? Não se recordam. Talvez um dia inteiro, ou mais.

Marabá mostrava-se ainda mais caótica que Tucuruí. As pessoas dormindo na rua, nas áreas públicas. Pelo menos havia energia elétrica, e os supermercados e algum comércio maior pareciam funcionar. Mamí, de tão cansada, demorou para se dar conta de que estava na cidade onde nascera.

Quantos anos não vinha a Marabá? Trinta? Reconhecia apenas a parte antiga, os bairros velhos que davam para o rio. Mesmo assim, tinha dificuldade para se localizar pois a água subirá de forma irremediável e inundara muito da cidade velha. Juce ajudava-a a percorrer as ruas. Pelo menos as duas agora caminhavam com mais desenvoltura. Mamí parecia renascer, fortalecendo-se a cada dia. Apresentava-se mais jovial e tranquila. Não falava do que passaram em Belém, da vida que deixaram para trás. Os assuntos diziam respeito aos desafios do novo cotidiano, às artes que faziam para sobreviver sem dinheiro. Das adivinhações, silêncio.

Neto, dois dias depois, juntou-se a elas. O barqueiro e o marinheiro, comentou, devem ter deixado Tucuruí, não os vira mais. Deixa de se preocupar com ele, Mamí, Juce dizia. Você o pagou, ele prestou um serviço. Aliás, pros dias de hoje, foi regiamente pago. Ele estava feliz. Deixa ele buscar seu próprio caminho. O marinheiro certamente irá com ele.

A cada dia, Neto crescia em responsabilidade. Ao mesmo tempo, mantinha sua jovialidade e bom humor. Assim comentava Juce, realizada. Mesmo nesses dias de penúria, dava um jeito de alegrar Mamí. Seu otimismo era contagiante, e muitos que conviviam com eles percebiam a beleza de suas iniciativas. Juce estava certa. Foi isso que os levou a conhecer mais gente. Claro que Mamí era carismática, extrovertida e faladeira, mas não era suficiente naquela balbúrdia geral. Ela em nenhum momento deixou denotar sua relação com o Candomblé. De fato, Mamí, boa observadora, viu pouca gente que pudesse ter alguma ligação com uma das *Casas*. As *Casas* de Marabá nem conhecia. O jeito era ficar quieta.

Em Marabá, Mamí teve outro transe. Via a Serra pegando fogo. E largou a dizer que precisava ir pra lá agora. Que não dava pra esperar o tempo da seca. Que fossem em canoa, no que desse. Neto, que sempre levava Mamí em conta, entendeu que essa nova visão deveria ser considerada, e passou pro seu lado, impondo a Juce uma mudança radical de planos. Por Juce, ficariam por ali mesmo. Abriria uma lojinha de vender balas, doces, o que fosse. Isso porque estava fazendo sucesso o *Tabuleiro da Juce*. Tanto com doces que ela fazia, como de outras vizinhas. Vendiam também algum produto industrial, e surpreendiam-se como ainda chegava tanta guloseima até Marabá, sabe-se lá Deus como?

Juce já estava conformada com aquele barraco que ergueram no fundo de uma empena de uma loja comercial. Provavelmente, como muitos proprietários de terrenos, este também faleceu na grande enchente ou se mudou dali pra sempre. Em verdade, esta coisa de propriedade agora valia pouco. Quem conseguisse arrumar um terreninho, um muro pra se escorar, que o fizesse; pois raramente haveria reclamação. Pelo menos se fosse pra uso próprio, pra abrigar a família, ou o negocinho que a mantivesse. Especulação, não.

* * *

As notícias que vinham lá de Carajás, tanto de Parauapebas, de Eldorado, como de Canaã não eram das melhores. Assim como em Marabá, havia mais gente que moradia, trabalho e comida. Se em Marabá tanto chegava como saía gente, parece que naqueles cantos não havia muito pra onde ir. O Rio Tocantins, ou o lago que dele se formou, ainda era um caminho apreciável para o Sul. Formavam-se comboios de embarcações, e estas seguiam, pilhadas de gentes e mudanças. A maioria raramente olhava pra trás. Não queriam voltar. E pra que regressar?

Neto fora encarregado de arrumar um barqueiro, de comprar o que encontrasse de merenda, uma lona plástica ou algo parecido pra se protegerem da chuva. Juce deu o dinheiro. Tudo o que juntara nesses dois meses de Marabá.

Neto pouco demonstrava desconforto, mas desta vez era diferente. De Belém a Marabá era previsível. Conhecia os lugares, sabia que, em cidades maiores, sempre se arranjaria algo. Mas, daí pra frente, enfrentariam cidades menores, sabe-se lá em que condições. Se Marabá tinha luz de vez em quando, as notícias de Carajás é que, há meses, raramente se via uma linha de transmissão funcionando.

A todo momento se deparavam com aquelas grandes torres derrubadas pela força do vento ou das águas. Também falavam das minas de ferro, de cobre, todas alagadas. Os caminhões parados, as esteiras, as máquinas encostadas. Enferrujando, no sentido literal da palavra.

O que animou Neto foi o movimento do garimpo. Se havia gente faiscando ouro, pelo menos encontrariam comida, gente corajosa e até transporte. A que preço? Não sabia. Porém, em meio a tantas notícias, esta era a que mais o esperançava.

Da viagem a Parauapebas, Neto nem gosta de comentar. Tiveram sorte ao aproveitarem a carona de um patrão do garimpo que carregava bombas, combustível e outros equipamentos em uma barca bem grande. Acomodaram-se sob um toldo que o gentil dono da barca preparou pra Mamí. Ele se simpatizou com a velhinha e até deveria pensar — se ela em algum transe localiza o ouro pra nós, aí sim que esta viagem sai no lucro.

Mamí bem que apreciou o tanto de lisonja do Seu Dimas, o nome do patrão, e do Canfredo, o capitão, sem falar no outro, o Zeco, o piloto do barco. Fora esta tripulação, havia dois capangas, com rifles de repetição na mão, gente sem medo de atirar contra qualquer um.

Isso também incomodou o Neto. Se em Belém e Marabá, conhecidas pela violência, as armas pouco apareciam e a lei da solidariedade imperava, aqui não. Garimpo e arma de fogo parecem que nascem juntos. Dito e feito.

Foi chegar em Parauapebas para Neto notar a ostentação das armas, um arsenal. Ninguém as escondia, pelo contrário. Expunham-nas.

Tranquila, Mamí desceu do barco. Segredou a Juce e ao Neto. Deixem estar, nosso corpo tá fechado. Aqui não entra bala. É só se manter na linha e nada vai acontecer pra nóis. Que jeito? Reclamou Juce. Agora que estamos aqui, melhor ficar. Seu Dimas prosseguiu no seu mimoseio. Levou-os para uma casa que mantinha pra convidados na cidade. Ficava ao lado da sua. Esta, sim, uma fortaleza, com gente vigiando o tempo todo. Neto se sentia como numa prisão. Tinha mais medo de ficar ali dentro que andar na rua.

No segundo dia em Parauapebas, logo depois do café na casa do Seu Dimas, onde tomavam as refeições, Mamí teve o transe mais violento de sua vida. Pra Juce ela até levitou. Mas isso ninguém viu, só a Juce. Assim, ela preferiu não espalhar a notícia. Só Neto e Juce ficaram sabendo, mais ninguém. Seu Dimas viu Mamí frechada. A menina que ajudava na casa, a Deliana Kelly, também. Até deixou cair a bandeja com os pratos sujos, tamanho foi o susto.

Neste transe, Mamí falou. Melhor, gritou. Vamo pra serra, vamo pra serra. É lá que é mina de bom, lá que enterraram meu coração. Vamo pra serra. Vamo pra serra.

Exausta, caiu no chão, e, se não fosse o Neto ampará-la na queda, teria se esborrachado e quebrado o nariz, porque foi de bruços que se despencou. Depois de pegar santo, demorou bem uma meia hora para todos se recuperarem do susto.

Falavam baixinho um com o outro. Mamí dormia. Agora sobre um colchão que carregaram lá pra sala do café. Nesse dia, Mamí não falou com vivalma. Abria os olhos e logo os fechava, encarnando em algo que provavelmente via e não queria enfrentar. Coisa-ruim. Foi a única frase que soltou durante o dia.

À tardinha, quando Mamí pegou no sono profundo, Juce e Neto, exaustos em atender Mamí, que suou durante o dia todo, foram caminhar na praça. Enfim, espairecer. A vida com Mamí parecia sempre tensa e intensa. Exaustivo para quem estivesse à sua volta.

O passeio, de desinteressado, tornou-se de enorme preocupação. O que ouviram não gostaram nadinha. A cidade inteira já sabia da espiritada da Mamí. Queriam mais informação. Detalhes. Onde seria? Havia notícia, mesmo, de pessoas que naquela mesma tarde subiram a serra à procura da tal mina que Mamí revelara. Os dois correram pra casa do garimpeiro.

Não foi difícil perceber que, na cidade e nas redondezas, todos trabalhavam pro tal fulano. Quem espalhara a notícia fora ele mesmo. Ele nos contou, com ar de sabido, sem pestanejar. O faiscador que soltara na frente era cria dele. O time que estava ali, subindo a serra, armado como um batalhão, gente dele. Dos nossos. Disse o Dimas.

Gente perigosa, encapuzada, Tigrão lidera o bando. Deliana Kelly nos segredou. Ela ficara nossa amiga desde que a Mamí desatara um nó na sua cabeça e aliviara-a de uma culpa imensa que carregava por anos a fio. Não descobri que história era essa, mas a Deliana só vivia com Mamí, pra lá e pra cá. Era só agrados a todo tempo, até parecia que ordenada por Dimas. Mas não. Dimas até, depois do possuimento, reforçara o mimo. Que se atendessem os visitantes em todos os seus caprichos! Ficou nisso a ordem. Foi sortimento da Deliana esse bemquerermuito para a Mamí, a quem chamava de minha Conceição.

Dito e feito. Nos próximos dias foram levas e levas de gente pra Serra. Muitos vinham ao Dimas pedir sua benção, suas ordens. Veio o Tarrafa, o Tição, o Laudenilson, conhecido como Lalau-papa. As caravanas lembravam aquele tempo das tropas, pois a tralha ia no lombo do que se pudesse encilhar — cavalo, burro, boi, búfalo, moto... Era o que havia sobrado dos gados das fazendas, da empresa. Dizia a Deliana.

Meu pai era leiteiro. Tinha até umas vaquinhas boazudas, mas carnearam tudo. Vinham à noite, roubavam, e ali pertinho, carneavam. As bichinhas eram mansas que só, nem berravam. A última levaram semana passada. Ficamos sem leite, sem carne, sem bezerro. Meu pai foi embora pro Sul, de medo de ser o próximo, ser vítima do garimpo. E olhou pra baixo, interrompendo bruscamente seu pensamento.

Como assim, a Juce; estranhou, franzindo o cenho. Vítima? De quem? Nada não, dona, num carece de preocupar com o Seu Dimas, não. Pra senhora, procêis, nada de ruim vai surtir. Juce preferiu não seguir na enquete. Melhor deixar como está, olhando pra Mamí. Se não sabiam, que fosse assim. Senão seria algo mais a se afligir.

Depois dessas conversas e de umas tantas indiretas que o Dimas jogava na Mamí, ficou claro que ele a queria lá, no alto da Serra, pra encontrar a tal mina. Que jeito? Perguntava Mamí pra Juce, o Neto, cocorado, só espreitando a hora de partir. Ele estava sempre pronto, carregar a Mamí, acompanhá-la. Seu destino.

* * *

No fundo, Mamí queria subir a serra. Este era seu fadário, tinha certeza. Desde que seu marido morrera ali, servindo a grande empresa, a que era dona de tudo, ela queria voltar ao Carajás. Foi por isso que não protestou quando chegou a hora de subir. Mamí era prosa em cima daquele boizarrão paciente e parvo. Um carreiro experiente puxava o Benzinho, como chamava aquele animal enorme, com mil anos de tranquilidade.

A subida até a vila da empresa durou um dia todo. Vira e mexe, Mamí pedia pra parar. Estava exausta. Juce estava preocupada com sua saúde, cada vez mais debilitada. Neto, desconsolado, não sabia o que fazer. Até aquele ponto, a vila, foi até fácil. Dali pra onde? Queria saber o Dimas. Mamí apontava, muito cansada, o caminho. A verdade é que naquela tropilha só restaram o Dimas e alguns de seus capangas. Juce presumia que seriam os mais ferozes, os verdadeiros matadores. Os chacineiros, dizia o Neto, com razão.

Mamí esteve à frente daquela busca por mais de uma semana. No domingo cedo teve outra incorporação e viu. Viu o quê, Mamí?, Neto lhe perguntava, bem baixinho, pra que não se ouvisse. É ali, no cemitério, segredou-lhe a Mamí. Neto olhou pela janela, para caçar, no meio daquela chuva fina, o lugar que passara em frente tantas vezes nesta semana e nem dera o devido valor.

Neto decidiu buscar a Juce. Estava preocupado com o estado de Mamí, que arfava muito, parecia sem ar. Quando regressaram ao quarto, Mamí estava caída no chão. Não respirava mais. Juce, desesperada, jogou-se sobre ela, ficou ali sem saber o que fazer, tentando colocá-la sobre a cama. Neto saiu correndo, gritando pela casa, à procura de socorro. Em seu íntimo, sabia que nada traria Mamí de volta, mas era preciso chamar toda a gente, e assim cumpriu o ritual e tirou o povo da rede naquela manhã brumosa de sábado.

Mamí, como queria, foi enterrada ali, no dia dela, junto a seu marido. Juce e Neto sabiam que aquele lugar não era pra eles. Tão logo terminou o enterro, as despedidas, rumaram até Goiás, onde nos encontraram. Sabiam onde estávamos. Neto conhece bem o significado daquela palavra — mina —, não teve coragem de dizer aos garimpeiros. Por que falou a mim? Não sei. Bom, sim, ele tem certeza de que eu não iria contar por aí, e que, corajoso do jeito que sou, jamais me aventuraria naquela terra.

6. Blém

Toda breada, Blém remava com força. Assim mesmo, sem o *é*, que a confundiria com o nome da cidade da qual se afastava. Seu desejo, o mais breve, alcançar a entrada do furo, antes que a primeira maré encruasse ainda mais a sua viagem. Por isso, obstinada, postara-se na frente da canoa, e diferentemente dos demais, firme no jacumã, quase se debruçando na água. Não havia poesia em seu ritmo e, sim, um leve desespero, que se manifestava a cada onda que protelava sua chegada.

Em meio à chuva, via o clarão da iluminação urbana, a imagem imprecisa da linha de prédios que pareciam flutuar. Sabia que a metrópole não era para ela. Nunca fora! Pra ti, sim, mana, pra mim, nunquinha!, dizia a sua prima, Tica, doidinha pra morar no Jurunas. Tica vivia instigando-a.

Prali ó, e apontava a cidade, bem longe, com o beicinho levantado, prali, repetia, eu vou morar. Praqui, não, na beira, no trapiche, mana, neste fim de mundo, nem lúiz tem na ilha, tem pouqueza pra fazer! Pra matar carapanã, hein? E eu? Não!

Blém discordava da prima. Não se conformava com aquele horizonte de antenas, postes, prédios; preferia a confusão das árvores, do vento açoitando o açaizal, o ir e vir certeiro da maré, aquela água barrenta doce, docinha. Nem as nuvens de bichos que gostavam de molestá-la a demoviam desse seu gosto pela ilha encharcada. Sou doce, docinha, melinha, viu, carapanãzal, maruim-maruim--vem-pra-mim, formiguda, mamamangá... Tudo me adora. Que jeito, então, maninha? É preu ficar aqui, pé na lama, mão no remo e... Olho esperto pra pirata nenhum me roubar, nem meu casquinho.

De fato, de verdade, Blém gostava desta vida. Só se via Blém presepando, traquinando e pracolá, subindo em árvore, sem medo da água, do banzeiro, do mato, da noite, da chuva...

Blém suava, e copiosamente, o que era incomum para ela. Isso porque, como os seus irmãos, preferia se abster de suar. Dizia que era truque de família, mas, em verdade, era lá uma carga forte do sangue de seus antepassados, mais índios e caboclos que outra coisa, tal qual lhe informara um médico que passou por lá no mutirão da saúde.

De qualquer maneira, se havia algo que aprendera com a mãe, foi disciplina, autocontrole, só assim furava a escuridade em seu casquinho. Horas e horas, sozinha, remando naqueles estirões do rio, dobrando a correnteza em qualquer maré. Blém não esquecia a mãe nem um tiquinho que fosse. Tudo que sabia, ela que lhe ensinara. E, depois, estivesse preparada, ela é quem estaria ali, a umazinha, de tocaia no mutá mais alto, espreitando a hora da bichinha voltar pra casa, só pra dar o bote.

Dona Noca, esta sim, pessoa reservada, de poucas palavras. E as que emitia mais se pareciam a um terçado lancinante. Sempre um golpe certeiro. Taí uma pessoa de opiniões ferinas. Duras. Sem ais nem uis. Blém até tentava se comportar tal e qual. Mas quando? Não lograva... Seu jeito matreiro e buliçoso logo se sobrepunha. Sua alegria inundava o ambiente de um frescor que a todos admirava, oposto do recatamento da mãe. De igual, insistiam os seus olhos, sempre brilharando igualinho aos da mãe, como se estivesse com febre.

O dia vinha clareando, bem de mansinho, soltando uns rainhos aqui e ali, e Blém aumentava a força, apertava o remo, decidida a não prestar atenção a esse falatório que borbulhava em sua mente. E, sim, ao movimento das águas, aos pequenos redemoinhos, a que chamava de redemonhos. Destes, tinha medo. E como! Porque julgava, ou melhor, tinha certeza de que, se fosse morrer... Mas esse não era seu plano para hoje, seria engolida por um daqueles enormes redemonhos que se escondiam nas curvas escuras do rio.

Suava era de nervosismo, isto sim, admitia para si. Tinha certeza de que, se fosse hoje seu dia, o redemonho seria anunciado por um estrondo enorme, como a pororoca-mãe, lá do Amazonas. E os pássaros fugiriam, as cobras e a bicharada correriam pra contar que lá vinha ela, a onda. E, por isso, não divulgava medo.

Uma convulsão — diria sua mãe —, que sabia algumas palavras desse calibre, que tanto agradavam Blém. Algumas ela não entendia, mas registrava. Beldade, por exemplo, era o tipo de palavra que cabia muito bem pra explicar as coisas bonitas. Era mais que beleza, isso sabia. Bem mais. Beldade, taí, dessa eu gosto, sempre que podia, repetia, até porque queria que as pessoas a usassem, que houvesse muitas beldades... Queria que a chamassem assim, mas só ouvia palavras chulas quando se referiam a ela na rua. Nestes, os grossos, não tinha interesse, nem se preocupava em saber quem a insultava. Ignorava este povinho raso, rasteiro, vulgar.

Trapiche. Nossa! Achava lindo, aquela palavra se acompridando pra dentro d'água e na boca — tra-pi--cheee. Muxoxo, outra que se deliciava com o biquinho que a boca formava. Tinha vontade de se empanzinar com um cardume de tantos muxoxos, como se fossem doces recheados de creme. Maxixe, calafate. Misterioso este calafate, parece coisa muito antiga. E é, soube, das profissões mais antigas deste mundo. Abridor de letras, isso era o paraíso das palavras. Estes abridores de letras também abriam palavras? Abriam frases? Abriam livros? Ai, que lindo.

Havia, claro, momentos que não compreendia o que as palavras lhe diziam, e Blém dava seu jeito, não se desnorteava, anotava as palavras, a frase, o que fosse. Guardava-as em papelinhos, qualquer pedacinho de papel servia, pra embrulhar pão, papel de enfeite, de revista...

Muitas vezes demorava para registrá-la em papel. O jeito, então, era aprender do que se tratava. Quando podia, frequentava a biblioteca de Cotijuba, do Movimento das Mulheres. Sabia que ali seria o único lugar para encontrar algum dicionário de verdade, e inteiro. Um livro capaz de explicar as palavras mais estropiadas de difíceis sem que carecesse perguntar por aí.

E, mais, se fosse preciso, acorreria a alguma daquelas monitoras simpáticas que por ali andam — as voluntárias. Voluntária? Demorou pra compreender o sentido da palavra, achava bonita, grande, imensa. Vo-lun-tá-ria. Por um bom tempo fazia enorme confusão entre voluntária e voluntariosa. De verdade: não sabia o que era uma nem outra. É a mesma coisa? Resolveu perguntar prum rapaz seu amigo. Ele também não sabia. Só uma tia, de visita pra mãe, é que explicou. Mesmo assim, ela insistia. Se é diferente porque parece que é igual? A tia não soube dizer. Blém se ensimesmava toda, levantando os ombros. No fundo, estava feliz com o desenredo de mais essas palavras. Era fácil que se satisfizesse. Uma bela palavra merecia atenção por muitos dias. Outra que gostava era fatídica. Parece nome de gente. Mas é nome da futuração.

De fato, Blém empregava as palavras aprendidas. Gastava-as. O mais que podia, dizia. E ainda dava explicação. Veja, por exemplo: quando me perguntam o que eu faço. Vai, pergunta pra mim, o que tu fazes da vida? A outra pessoa, um pouco surpresa, atendia, então, o desejo da menina, e dizia. Ô Blém, o que tu fazes da vida? Ela, faceira que só, as mãos na cintura. Eras, sou voluntária!

E isso parecia satisfazê-la tanto que as pessoas, de sua parte, mostravam-se igualmente alegres, mesmo que não compreendendo aquele jogo. Pra dizer a verdade, a maioria das gentes nem sabia direito, voluntária? Pra que serve? Mas, por educação, ou por vergonhamento, e pelo enigmatismo que é a vida, a maioria se calava.

* * *

Pois é, Blém vinha de uma festa no Jurunas. Saíra escondida. Seu casquinho estava sempre na flor da água, de espreita, tal-qualmente uma aranha que caminha sem ser percebida pela formiga, que luta para se manter sobre a superfície da água, evitando afundar. O casquinho vivia camuflado, entre as folhas, enfiado numa beira de mato para que moleque algum pusesse a mão nele. Rastro não deixava, apagava-os com os pés, cobria o risco da canoa na lama com folhas da beira; e a maré, certamente, se encarregaria de esconder o caminho do casquinho.

Temia, sim, era o mau-olhado; mas considerava-se de corpo bem fechado. Especialmente depois que deu de frequentar a casa da Dona da Beira. Dona Beira, como falava Blém. Por isso, apreciava imenso, enquanto remava, a mudança da cor do mundo. Dona Beira olhava fixamente para os olhos de Blém e dizia, com voz pausada e sonolenta — prestatenção, dona menina, que cor no mundo é o que tem. Tem que aprender que verde é bom e que verde é mau. O que o mato sorve a gente entrega. E Blém decorou aquela frase, achava tudo lindo o que a Dona Beira dizia — o que mato sorve a gente entrega! —, não sabia pra que servia a frase, mas tinha certeza que a usaria no tempo certo.

Sorve? Tem a ver com sorvete? Mas quando? No dicionário, estava lá: sorve, do verbo sorver, absorver, chupar. Sorver o líquido. Ah, tá entendidinho, sim!

E o mundo de que Blém mais gostava era o da madrugada. Quando a luz começava a escapulir no meio das árvores e, se fosse do lado da cidade, era admirar a forma dos prédios, as lanchas zarpando dos trapiches da Cidade Velha, da Bernardo Sayão, dali pro Guamázão todo. Era gente correndo pra ganhar o dia. E Blém pensava: ganhar o dia. Mas quando, como é que se ganha o dia?

Blém vinha naquela desviação toda de pensamentos. Tentando focar no que importava — o remo. Deveras, ela remava compassada e firmemente, ganhando cada vez mais velocidade. Deixara o Furo da Patativa, o da Paciência, o da Periquitaquara. Sabia todos de cor, cada curvinha, cada morador. E seguia, contra a maré, até varar do outro lado, já no Acará, mais pra perto de Boa Vista que da outra comunidade, a Santa Marta.

Blém já se sentia salva, aliviada, pelo menos se via livre da maré, e agora desenhava nas nuvenzinhas do pensamento a história que contaria pra mãe. Que estava com a Tia Senhora, não, não, isso ela poderia verificar com um telefonema e, pronto, seria pega na mentira. Palmatória nela. Que a mãe era difícil de vergar. Osso duro de roer. Pra pregar uma mentira na mãe dela tinha que ser artista de cinema.

Aliás, Blém nunca mente, era assim que sua mãe se referia a ela. Mas o olhar maroto que lançava para Blém, quando dizia isso, mostrava que seu álibi de não mentir não mais funcionava. Nem sua mãe, a sua santa mãezinha, rezadeira e benzedeira, acreditava nas conversas de Blém. A Blém de agora era outra. Conversadeira, saltitante, nada da meninota franzina e doida pra escapulir pro meio do mato sempre que algum desconhecido parava lá no trapiche. E as tais das mentiras eram cada vez mais elaboradas e intrincadas.

Quando era menor, tinha medo de ser levada por visagem ou algum viajante desconhecido, como aconteceu com sua prima, a Erenice. Até hoje nadinha, ninguém sabe o que sucedeu. Pra ela foi um boto. Medo mesmo, de verdade, ela tinha. Quando aparecia algum barulho estranho, uma sombra sem explicação ou barca diferente, Blém corria pro mato. Voltava espreitando, desconfiada, e, coitada, toda mijadinha. Era medo de verdade, sua mãe se recordava bem dessa fase da Blém. Blém não, ela não se lembrava.

Por conta de sua beleza, não havia quem não reparasse na menina. Sem graça, ela olhava pra baixo, então. Por isso, evitava estranhos, mesmo agora, que não se importava mais pra tanta gente interessada nela. Medo de gente não tinha, ser raptada, servida, o que fosse, não temia. Medo, mesmo, tinha daquelas estórias que ouvia desde a infância, e se contava nas beiras nas noites desluadas. Principalmente, na banda de Belém, no Porto do Sal, no Porto da Palha, no Porto da Manga, no Porto da Hora. Este último é donde vinham as estórias mais estranhas.

Sabia que naquele porto velho e arreganhado tinha mais bicho que virava gente e vice-versa. Como dizia, mais gente-virando-bicho que todo o resto do mundo junto. Não pensava muito nessas estórias, que entravam por um ouvido e saíam por outro. Só assim conseguia navegar em paz consigo mesma, furando a água com seu remo-de-menina.

De seu nome gostava, Blém. A todos, dizia que era em homenagem à cidade onde nascera. Seu verdadeiro nome era Idalina Maria de Jesus. O povo da vizinhança, que a vira nascer, zoava de seu nome. Desdiziam-na. Que não, que não era Blém, era mesmo neguinha — se tu nasceste embaixo de um pé de açaí, como é que dá pra tu dizeres que és de Belém? Tu és do mato mesmo, aqui, das ilhas, da gente nossa, tem açaí nas veias. Não venha agora se gabar só porque tu inventaste este nome esquisito, Blém...

E ela punha beiços e beiços pra interjeitar e amarrar a cara, mas não passava disso. Não guardava rancor de quem quer que fosse. Porque Blém era, mais que tudo, só alegria. Taí uma menina brejeira, cheia de faceirices, e sempre que surtia era só apreciação de sua contagiosa felicidade.

* * *

Mas hoje Blém tá com pressa, parte porque a diarreia já vinha dando ciência, com aquelas pontadas doídas, e ela sabia que depois desses avisos vinha coisa pior e teria que parar, no meio do rio, sozinha, o que não seria possível naquele banzeiro. Por isso remava com ardor ainda maior, convicta que o seu remo era o melhor de todos. Braço é braço. O que tenho é braço, sempre dizia pra molecada, meninos mormente, que na competição ficavam pra trás.

Blém venceu, toda suada, encharcada, e até com algumas manchas de barro sobre o vestido, que era mais uma fantasia das suas aflições. Pois chegou a tempo. Encostou o casquinho no seu esconderijo predileto, cobriu-o de folhas de miriti, e foi logo pra casinha pra se aliviar. Ninguém por perto, conferiu. A escuridão ajudava-a. Caminhava tão suave que nem ouvia os próprios passos, parecia voar sobre as folhas que, por sorte, devido às chuvas, já não estavam craquejando a cada passo. Abriu a porta, que para sua sorte estava sem a tranca. Ronco daqui e dali, safou-se de uma rede, de outra, e pulou pra sua, sem deixar ranger, e já escorregou pra rede ressonando alto, caso algum solerte estranhasse aquele movimento.

Ufa, desta surra escapuli, pensou Blém ainda respirando forte e procurando se acalmar. Reviu mentalmente o caminho que fez. Da casa da Carminha, que ficava ali por trás da Igreja do Carmo. Ah, por isso é Carminha, agora descobri! E riu-se, feliz. A maré até que não atrapalhou tanto. Esqueci-me do presente que ela me deu. Agora não sei se está no casquinho ou ficou no meio do caminho. Lembrou-se ainda dos passos cuidadosos até chegar em casa, a vontade do cãozinho, o Catita, acordar, o que foi evitado pelo chamego no seu xerimbabo preferido, até que este dormiu, balbuciando, como sempre fazia quando sonhava. Pronto, não se fizera notar. Ilusão sua.

Na manhã seguinte, enquanto preparava o café, a merenda dos filhos e a matula do marido, Dona Tica logo foi arrodeando a filha com perguntas, solertando daqui, observando dali, vendo o medo da menina em falar, os gaguejos e as reticências, os silêncios sem os explicados, as frases mal encadeadas, aquele papo furado que parecia uma canoa desgovernada, cheia de rombos, afundando devagarinho. A mãe foi dando corda, deixando Blém se enredar na própria mentira. E Blém, pra fingir que não era nada, contava, alegre, o que vira em Belém, na casa da tia, aquele Cordão-de-Pássaro que ensaiava com tanta vontade. Que se vestira de fada, e depois, cansada daquela personagem, resolvera ser uma índia, só pra ficar na maloca.

Pra tentar despistar a mãe, pedia-lhe para participar do próximo cortejo. E, mais que tudo, queria era brincar nos ensaios, fazer de um tudo, a preparação das roupas, os enfeites, ser este personagem, aquele... Sabia que um menino que ela conhecia era o encarregado do enredo e queria mesmo era ajudá-lo, pois era boa de rimas. Rimas e remos, brincava com as palavras. Aí a mãe pescou uma centelha de fraqueza na conversa-fiada de Blém e deu-lhe um pouco mais de corda antes de fisgá-la na mentira. E, conte lá, Blém, como é este tal de poeta que você encontrou! Porque tu tás tão encantada com ele que até Deus que vê todas as coisas, lá de riba, já sabe. E dele, tu sabes, tu não escapoles...

E fuzilou-a com aquele olhar de quem desvendou tudo. Blém se sentiu nuinha, desamparada, com vergonha, até em frente à mãe. Seus dois irmãos também a olharam, porque sabiam que, quando a mãe armava lá este tipo de pergunta, era bote na certa, e bote mortal, derrota pra vítima. Não era capricho ou teste pra ver a esperteza da cobra-mãe. A mãe virava o capiroto quando desenovelava a lorota toda. Mentira, então, era mestre em desvendar.

Desfazer nó de rede era com ela, vinha gente de longe pedir-lhe pra ajudar nessa desarmação. E tanto foi que virou profissão, que Dona Tica, a mãe de Blém, andava de parte a parte, desatando nó de rede, tanto rede de dormir, como rede de pescar. E desatava nó quando o casamento encruava, desatava nó das tripa só de apalpar e passar aqueles óleos lá dela na barriga inchada do infelicitado. Era a maior desatadora de nó e rezadeira que havia nas redondezas. Ai da Blém querer enganar a mãe, dizia, fingindo que não era pra Blém que dirigia a palavra.

Assim era Dona Tica. Ia sempre só, no seu casquinho. Talvez daí Blém aprendera tanto desprendimento e valentia, de largar a beira noite fechada, e só de ouvido, saber onde a maré tava mansa, onde deveria navegar, aprumando a canoa sempre pra água certa. Mas, da mãe, a Blém não tinha como escapar. Esta conhecia todas as sabedorias da filha, artimanhosa e matreira. E isso de benzedeira era mais do que um orgulho pra Dona Tica. Agora tinha virado foi preocupação. Nunca imaginara tamanha desfeita daquele povo que tanto ajudou.

Nos últimos tempos, os pastores começaram a falar mal dela. Padre antes resmungava, mas deixava-a em paz. Pastor, não, ameaçava-a no culto, no aberto, com nome e sobrenome. Daí que Dona Tica tinha que enfrentar muita cara-fechada domingo. Mas, depois, no correr da semana, o povo já tava esquecido, entretido nas dificuldades do dia a dia, e o pastor não estava presente pra desatar os nós da sobrevivência de cada um na beira. Era hora da Dona Tica desatar os nós que os pastores armaram, botar sermão em cada um dos desavergonhados que a olhavam de cara feia depois do culto.

Aquela conversa foi seguindo, de bubuia, a Blém escapolindo aqui e ali de um pau de conversa, que seria porrete na certa, ora buscando a beira, ora o veio d'água. E foi esse diz que diz pra mais de hora, interrompido com tantos pitos e conselhos, como sempre Dona Tica fazia. Quando Blém já não tinha mais como escapar, entregou os pontos. Diante da mãe sempre arregava, porque dessa caninana cobra alguma escapava. Era capaz de voar em cima do capim ou da água, e sempre alcançava a pobre da fugitiva, por mais venenosa e forte que fosse.

Confessou. Tava na casa da tia não. Foi-se com a Carminha dar uma espiadinha em um baile. Bailico de criança. Baile simples, de dia, só gente de família. Tava uma chatice que só.

Bebida? Ah, não, só um aluázinho, mas fraquinho que só, nem dava pra pilecar... Interrompida. E tu já sabe o que é pileque, moleca? Ali era só social, leite de onça tinha não. Inda bem, que até eu gosto, arriscou Blém.

E tu já provaste leite de onça? A mãe se enferou e tascou-lhe uma palmada de mão aberta na cara. E o discurso foi comprido, doído, pra Blém aguentar firme, sem um pio, sem explicação mais. Basta! Não quero saber. Tu já és grande demais, e só te metes em encrenca. Inda vais voltar buchuda numa destas noites aí. E, pior, nem vais lembrar quem era o pai...

E tinha mais — ah, então, se era simples assim, porque tu não me falaste logo que chegaste aqui no meio da madrugada, porque veio toda quietinha, escapando da rede dos dormentes? E quem tava lá? Que história é esta de po-e-ta?

A senhora não conhece não, minha mãe, mas é tudo gente de família. Se é de família, vai dizendo aí os nomes pra eu ir lá e conferir. Um por um. Sei não, mãe, tava um pouco escuro, não guardei os nomes. Num tinha como anotá, ainda quis brincar com a mãe, mas esta não lhe perdoou a malinidade da frase e cerziu-lhe logo um beliscão no couro mole do braço. Mas quando, minha Blémzinha... — e ela se espertou, porque quando a mãe se referia a ela assim, é porque estava perdoada, que aceitaria a lenga-lenga, ainda que não concordasse muito com o sucedido. E repetiu, bem devagar: Mas quando, Blémzinha, a escuridez é dificuldade pra divulgar o nome das pessoas? Será que nem o menino que tu tavas dançando tu não te alembras o nome dele?

Lembro não, mãezinha — era pra arrefecer a caninana. Ah, talvez até a Carminha se alembre. Manhã vou lá de novo perguntar pra ela. Vai, não! Blém entendeu. Ah, este é o castigo? Amanhã tu vai é ficar aqui, bem bonitinha, tem muito cupuaçu pra descascar, semente pra secar, roupa pra lavar... E Blém mostrou aquela cara de muxoxo, mas não entregou os pontos. Ensaiou vários tipos de caretas, dos muitos que gostava de mostrar pra mãe. Ela, a rainha do teatro.

Depois tu me contas direitinho esta história. Aproveita que agora tô ocupada com teu irmão, e pensa direito o que tu vais me contar. E Blém, sem esperar, saiu numa carreira pra trilha, pra ver se ainda encontrava o presente que trazia da Carminha. No lugar do presente, qual a sua surpresa, ali estava o boné do menino que se afeiçoou por ela na festa.

Era um agarra-agarra, mexe-mexe, que a dança empurrava um contra o outro, mas acabou logo. A Carminha viu que aquilo não iria terminar bem e puxou Blém pra fora do salão tão logo trocaram a música. No boné estava escrito bem grande: I Love You NY e tinha um coração vermelho. Como ela não entendia o que estava escrito, o Francisco, este era o nome dele, Chiquinho, o tal do menino, disse a ela, que ali, no seu chapéu, estava a sua verdade: I — eu, love — amor, you — tu. Eu te amo. E o NY? A Blém perguntou antes de lascar um beijinho rápido no menino na despedida. Só posso te contar na próxima vez. E ela pulou pro seu casquinho, arrancando o boné do menino. Francisco deu um bom empurrão, e Blém embrenhou-se na noite antes que a cobra grande se desse conta de suas arterices e que a caninana-mãe descobrisse o nome do menino.

7. Espírito-de-velas

Mamãe morreu. Os filhos, netos, sobrinhos, quem soube acorreu de muitas partes. A pousadinha, sempre às moscas, ficou atulhada só com a parentaiada. Gentes dos Santos e dos Vieira. Praquela noite, de todos, fui a escolhida pra guardar o velório. Talvez porque vivesse muito tempo fora. E, malmente, porque não tava envolvida nem na preparação do São João nem no ajutório do São Pedrinho.

As janelas grandes do salão paroquial, sempre abertas. Aquela boniteza de casa dava direto pra rua. Até se podia deitar nos grandes parapeitos das janelas. Lá fora, pra espantar a escuridão, só o tiquinho de luz das velas e do lampião da entrada. Defronte ao salão, o mangue, silencioso. A Rua do Porto terminava ali. Há anos a erosão transformara o porto em praia e o povo já tava mais que esquecido praque aquilo servia.

Por conta do sucedido, a cidade cresceu pro outro lado. Um tiquinho, mas espichou-se foi pro rumo da rodovia. Pra atender os apressados de passagem. Um barzinho, o posto da gasolina, o borracheiro, a venda de fruta. Não havia postes de iluminação, a rua era de terra e aquele manguezão de perna aberta, grande que só.

Desta vez achei a cidade mais pobre, decadente. Bem mais. Na verdade, essa sempre era a minha opinião, como a justificar a minha partida. Fazia anos que não dava o ar da minha graça. Mamãe é que ia ter conosco, pra cuidar da saúde, ver os netos, flanar um pouco na cidade grande. Justiça seja feita. No dia que eu fui embora, ela foi a única que me apoiou. Ainda a vejo, despedindo-se de mim, ali, no portão da casinha, segurando um buquê de flores do mato que fiz pra ela...

De longe, ouvia os fogos, a música das quadrilhas, arreparava até nalgum clarão das festas de rua. De verdade, não estava com vontade pra participar das brincadeiras. Nesse momento, pra mim, o importante era estar sozinha, ao seu lado, recordar o tempo que passamos juntas. Volta e meia eu dormitava.

O problema é que ninguém, ninguém mesmo, tava interessado no velório. Pra eles, os daqui, mamãe tava tão doente que, de tanta visita que faziam e revezamentos pra cuidar dela, sentiam-se mais que desobrigados. Pra nós, os de fora, o choque fora maior. Mesmo assim, dos de fora, só me punha ali, euzinha, na vigília. Os outros foram escapulindo, pra tomar banho, se vestir, colocar o filho pra dormir. E eu fiquei, sem desculpa alguma, sem reclamo, porque quis...

Bem que ela poderia ter escolhido outro dia. Eu tenho que me ir pra quadrilha, puxando a turma da escola... Treinei a molecada o ano todo. Bem. Pra ser verdadeiramente verdadeira, ouvi muito comentário assim. Eu fingia não perceber. Apenas sorria. Confesso que preferia não ter escutado. Não quero falar mal de quem cuidou dela. Gente que também ajudou a me criar. Como disse, tava ali porque queria, na minha infelicidade particular, pra me despedir dela, e do meu jeito. Quando saíram, até achei bom. Pude chorar e resmungar à vontade.

Estava preparada pra enfrentar uma longa noite solitária. Água, café, bolachas, até o som bem baixinho com aquela música sem sal de igreja. Havia um único CD no aparelho. Mas não deu, acho que, onze ou meia-noite, chegou aquela senhorinha, qual é mesmo o nome dela? Aquela que morava longe. Eu sabia que a conhecia... Pra não passar vergonha, nem perguntei seu nome. Ela acenou com a cabeça, retribuí, e fiz um gesto de agradecimento e ficamos nisso. Estávamos um pouco distantes uma da outra. As chamas das velas dançavam e soltavam aquela fumacinha preta. O ar se mantinha no espírito-de-velas, como sempre nos lembrava a freira que nos deu aulas no liceu, quando morria alguém. Espírito-de-velas, engraçado, pensei.

Aliás, me lembro, de pequena, de acompanhar mamãe nas benzedices dela. Ai que delícia. Ela era a tal. Requisitada a todo canto. Não havia tempo feio pra mamãe. Estás pronta, senhorinha? Me perguntava. E lá íamos nós, chinelas nos pés, uma toalhinha pra enxugar o suor, uma sombrinha pra se esconder do sol e da chuva, e a indefectível malinha. Sempre, sempre, com a malinha. Mas essa acho que você não se lembra? Bom, na mala eu não poderia tocar.

Pedia-me pra cuidar da malinha com tanto carinho que eu até achava aquilo uma honra. Eu aceitava, sem curiosidade, e assim convivi com a malinha por tantos anos. Foi só ali, no velório, que me recordei dela. Onde estaria a malinha? Eu arrumei seu quarto, suas roupas, doei o que era possível. Joguei um par de coisas fora, rasgadas, manchadas, puídas, eita mãe econômica. Mas a malinha... Você viu?

Estava perdida nesse pensamento quando chegou um casal, os dois já bem velhinhos. Ele arrastando os pés, marcando a poeira do chão, ela agarradinha nele, mas sem obrigá-lo a aumentar seu esforço. Mais para guiá-la, me parecia. Havia muito amor naquele gesto, na solidariedade. Curioso, eu também me lembrava deles. De onde eram mesmo?

Acenaram, eu respondi, meio alegrinha, do mesmo jeito. Tava feliz por tanta gente que se dispunha a tarde da noite vir aqui, dar um adeusinho pra mamãe. Desta vez me lembro da hora. Era exatamente 00h24. Havia pouco, espiara o relógio. E aquela senhorinha que chegara antes seguia ali, quietinha. Parecia rezar, cabisbaixa. Dormir sei que não dormia, porque a via se mover de tempos em tempos, olhar pra mim, sorrir.

O casal sentou-se junto à coroa de flores da família do Carlos. E aquelas grandes letras prateadas na coroa refletiam as luzes das velas. Eu estava mais tranquila, e ainda vi chegarem outros dois casais e um senhor, acho que mais velho, sim, estava de terno, isso eu sei. Este sim. Este eu tinha certeza que vira recentemente. Mas, do mesmo jeito, não atinei de quem se tratava.

A madrugada foi passando e caí no sono umas tantas vezes. Quando acordei, novamente estava sozinha. E assim que você e meu irmão chegaram eu quis perguntar a ele, que mora aqui desde sempre, quem eram estas pessoas que passaram por ali à noite. Eu já comecei dizendo. Deve de ser gente muito boa, gente amiga. Quem é que sai, numa hora desta, em dia de festa, pra gastar um tempinho ao lado da falecida?

Quando vocês vieram deveria ser umas 6 horas. O sol tinha acabado de aparecer. Tava aquela quentura gostosa e que deixa a gente ainda mais bonita com a luz dourada dele. Você se recorda do meu irmão, o que ele fez? Ele começou a rir. Mas era de nervoso. Não era aquela gargalhada espalhafatosa dele. Era um riso baixinho, meio estranho. Pior, ele tava pálido, tá lembrado?

De fato, o Daniel gaguejou, pediu um tempo com a mão, parecia que tinha engasgado. Só aí, sentou e conseguiu falar. Vou te contar a verdade, soltou de uma vez só, como que aliviado. Tá preparada? Eu olhei pra você, os dois fizemos que sim, que estávamos, e nos sentamos também. O Daniel ainda demorou um pouco pra falar, como se estivesse se recuperando de uma corrida na rua.

O sinhozinho que veio por último, este do terno, sim, este mesmo, o que tava sozinho. Pra você saber, ele morreu na semana passada. Mamãe ficou ao lado dele um bom tempo. Ela visitava seu Manfredo quase todo dia. Gostava dele, era conversa boa, ele e a esposa se davam tão bem com mamãe que só vendo. Capaz até dela aparecer daqui a pouco. Seu sofrimento foi longo, pior que o da mamãe. Mas ela cuidava dele. Tinha lá seus chás, as tinturas e, principalmente, suas rezas. Era ver a nossa mãezinha e ele logo melhorava, aquela visita o tranquilizava, a dor ia passando, ele se acalmava e, afinal, dormia. Mamãe saía de lá feliz, com a missão cumprida, e a esposa dele, mais contente ainda. Em casa, mamãe me contava da sua saúde. Um olhar triste, dizia que pouco poderia fazer, mas, pelo menos, as visitas e os remedinhos ajudavam na calmação, como dizia.

O casal, sim, este eu conheço bem. Ih. Foi caso muito comentado aqui na cidade. A casa deles queimou e não tiveram tempo de sair. Ela era amante dele. A mulher, a esposa mesmo, tava pro Rio de Janeiro. Foi um bafafá enorme. Precisa ver o que surgiu de briga naquela família. O homem era bem de vida, e a mulher, a legítima, quando descobriu que o tanto de afilhado, era, na verdade, tudo filho dele... Ah, a mulher virou o bicho! Queria repartir a fortuna com os outros, não. Pra teu governo, não foi só você que viu a dupla por aí, perambulando. Tem gente que, noite crescida, já esbarrou com o casal passeando na estrada, de mãos dadas, entre o cemitério e a casa queimada. Do mesmo jeitinho, agarradinhos, passinhos curtos, sem pressa. Agora aquele sítio que tão loteando, acho que é arte da mulher mesmo dele, só é conhecido como Casa Queimada. Ela já pelejou com tanto nome e não pegou. O povo é assim, quando garra num nome não tem quem o tire.

Claro que meu irmão notou meu nervosismo. Estava na dúvida se aquilo era mesmo verdade. Ele era o primeiro a me pregar cada peça. Ele sempre dava um jeito de me impressionar. E eu, claro, tomava os maiores sustos. Por isso ele aproveitava e prosseguia, sempre mais tinhoso.

Agora, não. Eu reparei que, pela primeira vez na vida, ele falava sério. Contava-me tudo aquilo com grande convicção. E eu, que estava meio na dúvida, entendi que ele não estava fazendo troça. Você se lembra? Você também não estava entrando na onda dele. Depois...

Ficamos em silêncio, os três. Eu, principalmente, fui refazendo os momentos daquela noite e concluí que, realmente, nenhum deles falou comigo. Não mostravam o rosto, pareciam lentos em seus gestos, e nada mais. Estavam sempre de lado, ou como se estivessem com frio, meio encapuzados. A luz das velas pouco iluminava...

Eu acenei pro meu irmão que não queria ouvir mais. Você se lembra? E pedi pra ir pra casa. Não me recordo do caminho, nem em que quarto me puseram. Sei é que veio aquele febrão, os calafrios, a zonzeira. E o tanto de gente que aparecia pra saber de mim... Não me deixavam descansar. Ah, sim, até você proibir visita. Obrigado!

Pelo menos vocês me disseram que o enterro havia sido adiado, e eu acalmei. Ainda bem que não foi por minha causa. O carro do Pedro quebrou, e nele vinha a Nair e, acho, mais alguém. Não sei.

Eu ali, prostrada, na cama. Me disseram que na noite seguinte o velório tava cheio. Quem soube que eu fiquei só e que recebi todas aquelas visitas até se sentiu culpado. E, depois, ninguém queria ficar desacompanhado. Dona Jacinta foi quem me salvou, não foi? Foi, sim, você é que tem memória de girino. Foi ela que me deu um Banho de São João, banho-cheiroso, bom demais.

E enquanto ela me dava aquele banho comprido, eu vi muita gente esquisita passando na janela. Dona Jacinta, com calma, ia me explicando. É o efeito da partida, tão é indo embora, se despedindo da tua mãe, viu menina. Te aquieta, tu vais melhorar, deixa este povo passar, eles têm negócio lá com o outro lado, num é com ti. Tão com pressa, porque é noite de São João. Logo que termina. E Banho de São João é o próprio, é pra isto, na noite certa, tiro e queda.

Até aí já tava achando tudo muito normal. Mas quando ouvi aquelas duas vozes, rentinho da janela, é que eu tive medo de verdade. Me arrepiei toda, do pé ao cabelo. Bom, você tava bebendo no bar, não viu nada. Na hora agá você tá sempre longe! E, depois, deve ter chegado mais torto que pé de goiaba. Num duvido que se jogou na cama e nem se lembrou de ver como eu tava.

Que o banho das ervas surtiu efeito, surtiu, e como! Assim que melhorei eu logo avisei pra todo mundo que num tinha mais gente lá fora passando na janela. Daí que percebi que estava no quarto da mamãe. Aquela santaria que ela punha no pichiché. Te juro que não sabia. No meio daqueles santos todos tinha um bilhete pra mim. Filhinha, quero que você seja muito feliz, mas, por favor, enterra estes santos e a minha malinha comigo. E por favor, não abra a malinha. Quando eu fui iniciada, eu prometi que ia levar a malinha do jeitinho que eu recebi, sem que ninguém visse o que tem dentro. Embrulha cada santinho num pano, viu. Quero companhia pro meu novo mundo.

Que jeito? Enterrei a malinha, sim. E os santos também. Fiquei boazinha depois do enterro. Se fui? Ah, sim, sei lá. Eu lembrei disso agora. Deve ser saudades dela...

8. Diário de visita à rendeira do Rio Vermelho

A chuva molhara a produção do fim de ano. O feijão carunchava, estourando naquele ploque-ploque de azedume fétido. O marido, morto há três meses, nada lhe deixara. Na casa, inacabada, viam-se as estrelas. Duas enxadas na porta, sem o cabo. A ferrugem tomando conta de um tudo. A água escorria pelas paredes, por dentro, por fora. A caiação se fora há anos, havia buracos enormes. Dava pra morar uma catita naqueles caboucos. Dizia sua vizinha e amiga de toda hora.

Anotei tudo que pude. Um diário é para isso, né? O filho, longe, em algum projeto de assentamento. Era da linha de frente. Da turma que prepara a invasão, o acampamento, acolhe as gentes todas. Define o lugar da sede da associação comunitária. Por isso, ele não estava ali pra recebê-las. Mas já ajudou, porque foi ele que indicou o lugar pras meninas. Cumã, não tem erro. Vocês indo poraqui chegam lá, e mostrava com as mãos o sentido das curvas da estradinha.

De fato, elas estavam na casa da mãe do Naldo. As duas turistas apareceram na porta, indecisas. A chuva não lhes convidava a sair do carro. Mas daqui pra frente não havia mais estrada, se é que chamar aquilo de estrada fosse possível. Dona Antônia apareceu toda sorrisos na porta. Até sabia das duas. Recebeu recado. Mas, quando seria, não tinha noção. Era uma surpresa, e das boas. Pra quem vive solita, é bom ter companhia, segredou-me na semana seguinte, quando estive lá. Arrumada mesmo, a casa nunca esteve. O chão batido, com esse negócio de chuva, tava mais lama que terra. Fazer o quê? Reclamou.

Aqui é mais é Rio Vermelho. Cumã é nome dos antigos. Hum! Tanto faz, o importante é que vocês estão no meu ranchinho. Ah, bão demais. Eu até gosto de morar mais aqui que do outro lado do rio. Pra cá tenho mia vaquinha, posso criar a galinha solta. Sempre gostei de galinha. Quem é que vai botar ovo pra gente, então?

Anotei o que me lembrei. A conversa foi longa. As duas, de pé, as mochilas às costas, ali, atentamente, ouvindo Dona Antônia no cômodo que servia de sala e quarto. Deixaram-na terminar, não queriam interromper sua fala eufórica. E quem gostava de cavalo sempre vinha morar pra cá. Eu até fui boa pra campear. Mas isso foi antes de casar. Prali, ó, na outra beira, aquilo virou foi favelão. Cada um constrói do jeito que quer, grudadinho um no outro, e aquela barulheira o dia todo, som alto demais, aparelhagem, dizem. Demais, pra vocês verem. Eu nem consigo. Fico tontinha, tontinha.

Vocês vieram pra ficar, foi? Que bão. Pois entrem, se sentem. Banquinho mesmo não tem. Tem que ser no chão, ou de cócoras mesmo. Amaralina e Betânia descarregaram a mochila, sentiram aquele alívio nas costas. A senhora já sabe? Bom, viemos pra ficar uma semana, pra conhecer a vila, pra saber o que o povo faz da vida. Os costumes. Apareceram foi gente aí da mineradora? Já vieram muitos, foi? Iche, eles são prosa!, Amaralina falou.

Ah, sim, e quantos. A dupla reagiu e foi a vez da Betânia. As duas tentavam se diferenciar dos empregados da mineradora. Eles vêm pra fazer pesquisa, pra saber de vocês, onde têm terra, onde põem o gado. Tá certo, minha filha, até querem saber onde é que nóis vai cagar. As duas riram foi mais da careta da Dona Antônia que da frase.

Pois é, Dona Antônia, este povo é perguntador. E cuidado: tão é gravando tudo, fotografando tudo. Pode até ser escondido, só pra pegar vocês nalguma mentira. Fica tudo guardado. Na hora agá vão provar que não era aquilo! O melhor, mesmo, é contar coisa pouca, a verdade, sempre, mas o trivial de simples. E que tenha mais gente junto, pra que não haja dúvida se depois falou ou não falou, e pra ninguém acusar vocês injustamente.

Matilde, a filha, apareceu da vizinha, entrou na casa e foi também abraçando as duas. Ah, então, estas são as menina. Que lindas que são. Parecendo coró de tão branquinhas. Gente boa, né, meu irmão já disse. Bem-vindas. Aqui é casa modesta, mas é toda docêis.

Do outro lado do rio, de fato, aquele movimento grande. Chegavam caminhões, camionetes. Gente com uniforme da empresa, operários da construção civil. Dizem, vieram fazer uma escola. E é presente pro município. Vão até mandar professor, por conta deles. Tudinho. Matilde resmungou. Vejam só. Se sabem tanto, deviam é ter notícia que nesta beira de cá tem pra lá de seis professoras desempregadas. Eu mesmo, tô aqui, espanando o pó do meu diploma.

Matilde interrompe a conversa. Divisa um carro que para na porta. Nossa. Pensa. Gente chique, com dinheiro, carrão bonito. Foi isso que depois me contou. Eu cheguei logo depois das duas turistas, acho que uma semana, foi, e as notícias ainda estavam recentes, fresquinhas.

Mas este povo vem, olha, mas nunca compra renda. Vem só pra tirar foto, entrevistar a gente, fazer reunião que não acaba mais. Olham daqui, dali. Tudo com ar de entendido. Quem sabe alguém ainda se interesse pelo que faço, o meu artesanato. Se não vender hoje, terei que retornar às aulas de reforço. Até faxina posso fazer. Só não posso ficar com as contas penduradas na vendinha e a mãe aqui comendo feijão carunchado.

A aposentadoria da Dona Antônia não cobria nem uma parte dos gastos. E os remédios? Mas quando! As rendas, sim, as rendas que aprendera com a avó quando lhe servia de acompanhante. A avó ficara cega. Algo hereditário, afirmavam. Seria seu destino? Mas com as rendas, desculpe-me pela rima pobre, renda, sobreviveria? Agora até se fosse cega conseguiria tecer algumas partes mais principais. Só ficariam os arremates pralguém fazer.

As duas turistas, altas, bem-vestidas, bem-penteadas. Roupa bege, este tecido que não amassa, que lava fácil, seca rápido. É pra gente chique. Chique é com xis ou ceagá?, Dona Antônia perguntou. É igual à cidade? Xique-Xique?

E agora, toca olhar no espelho, ver se estou apresentável. Matilde passou a mão no cabelo, instintivamente. Elas decidem, finalmente. Será porque a chuva amainara um pouco, ou será porque o ano vai se findando e tem compra de presente atrasada? Não importa. A porta se abre, vem aquele frio de dentro do carro.

A sala é pequena, as duas turistas vão pro quarto que Dona Antônia tem de aluguel. A visitante vem pisando no barro, parece que tem é nojo do grude da lama. Mas pisar onde? Só tem barro! Matilde me confessou que até ensaiou um pedido de justificação pelo tanto de barro. Mas não falou. Na saída, a despedida: vai adesculpando qualquer coisa, tá, gente.

Este troço de escrever no diário é viciante. Em meu diário sei que estão muitas vidas que eu vivi e guardei pra mim, pra depois. Padre Carlos falou preu escrever tudinho no diário. Será teu confessor, ele disse. Desde então, eu escrevo. E como é que eu me lembraria do que a Matilde e a Dona Antônia me contaram se não fosse pelo diário?

As duas galegas estão lá. Ainda bem que as turistas entraram logo. Anteviram o banho de água suja. Eu anoto tudo no diário! Ele é meu jeito de fotografar o mundo. É o caminhão do Zeca passando, Matilde disse. Eu tenho que ser simpática. Não posso ficar me lamentando da morte da bezerra. Tenho que vender renda. Papai morreu, deixou minha mãe e eu nesta carestia doida, meu irmão não traz nada pra casa, só papo de invasão, de esperar terra do governo...

Matilde sempre lamenta, mas logo se corrige, e sorri. É isso mesmo. Não vou falar de dificuldade. Aqui, na beira da estrada, no Rio Vermelho, tá chegando o Natal, o Ano-Novo, chovendo, vendendo rendas pras turistas. Minha máquina de fazer tricô, molhada, no cantinho da sala. Só fazendo renda. A renda vai na mão mesmo. Onde estiver. O telhado que nada protege. As roupas, molhadas. Uma goteira sobre a cama. O fedor azedo das roupas que... Já escrevi essa parte. Não há mais pra onde lançar a rede sem ter uma goteira. Matilde tem razão. Fazer o quê? As duas estão aí, tem que se dar um jeito.

Das turistas, uma conversa muito, quer ser simpática. É a Betânia a faladeira. A outra até que Matilde se esforça, mas não entende o que ela fala. A primeira diz que costura, que valoriza o trabalho que a gente faz, que isto e que aquilo. Fala difícil. Anotei as palavras que a Matilde reclama que não domina. Cê sabe, não é que eu não entenda, é que não sei pra que serve esse palavrório.

A terceira, a visitante que chegou no carrão, ficou o tempo todo olhando as rendas que a Matilde colocou sobre a mesa. Quanto é? Matilde me confessou depois. Eu disse o valor da minha dívida na padaria. Noventa e seis. O jogo? A outra insistiu.

Matilde demorou pra responder. Coisas de Matilde: minha vontade é de fazer cara feia. O par! E finco o pé, como a dizer. Não tem negociação. Mas eu sou mole, meu marido, o que me largou, aquele medonho, ele sempre me dizia. Pobre do Nestor. Pobre nada, foi ele que me largou. Pelo menos me livrei daquele traste. Nestor sempre me dizia pra ser mais dura. Mas eu nunca consegui. Sou mole igual pamonha quente.

Depois Matilde pensou um pouco e... Talvez por isso eu seja a última rendeira que ficou por aqui. As outras agora são caseiras na vila da mineradora. Todo mundo é se-cre-tá-ri-a, de uniforme azul e branco. Com celular, empurrando carrinho de bebê da patroa. Chique ou Xique? Chique-Xique. Sapato branco. Até um avental pra usar na hora da pia. Branco também. Tou anotando, Matilde, pode falar, tou anotando. Tem uma que até trabalha prum casal argentino. Merece, é a mais entojada. Mas é trabalhadeira, isso é.

Matilde me confessou que foi na conversa da compradora de rendas. Ainda tentou argumentar: é serviço pra uma semana inteira. Não leve a mal. E decidiu confessar. Este é o valor que tô pendurada na mercearia. É a compra do mês.

Ah, minha flor, então é a cesta básica? Matilde: até gostei do jeito dela. Esse minha flor me conquistou. Deve ser uma boa patroa. Será que ela não quer me levar? Eu sei passar, cozinhar, até que dou pro gasto na faxina. Será que ela me quer? Mas não demora muito fico velha. Quem quer ter uma velha, um encosto? Depois vão dizer que eu fico sempre cansada, que vou dormir no meio do dia, que sou preguiçosa. No segundo mês não vão me querer.

Matilde me contou em lágrimas. Como se fosse... Aqui não tem disso não, mas é o que eu tiro na venda, vai juntando, e no fim do mês tenho que pagar. Se não vendo a renda, acumula, então eles cobram juros. Nunca que termina esta dívida. A mulher, a do Caixinha, é braba. Uma multa, algo assim. Dizem que vão me tomar a casa. Então eu corro e faço mais renda. Dona Antônia até me ajuda.

Nossa, que gente má. A compradora falou. No meu diário cabe tudo isso, o dos outros, as conversas miúdas. Eu até tento contar como é que fazem as caretas, o gesto das mãos. Matilde herdou muitas palavras da sua avó. Me disse. Deveras — a palavra que minha avó mais gostava. De modos que! Cantava, vinha cantando essas palavras lindas. Mais em tom de punição, de cobrança, de exegese. Minha avó daria pra boa pregadora. Eu não valho nada, sou ranheta! Estou é ficando pra lá de Caxangá, só uso palavra do arco da velha.

O melhor é eu explicar a história deste lugar. Florir um pouco, vender meu peixe. Cada peça tem uma historinha por trás, né? Esta aqui a minha avó me ensinou quando já era cega. Segredo dela. Funcionou, pela cara de espanto da compradora, ela caiu na minha rede. Matilde fica feliz de me contar. Se eu soubesse desenhar, copiaria a renda que Matilde me mostrava. Ai que vontade de bater foto, juntar a foto no diário. Mas não. Quero é escrever o que vejo.

É por isso que é um pouquinho mais caro. É pelo trabalho. O preço eu faço na base do tanto de horas que gasto. Nem estou a contar o tempo pra comprar linha, do ônibus, a merenda lá no mercado. Eu até ia parar de fazer renda. Que bom que a senhora veio. Ninguém quer mais, ninguém sabe dar valor, o tanto de trabalho pra fazer uminha assim. Eu fico aqui o dia todinho, até num enxergá mais. No escuro num consigo. Só tenho mamãe com quem conversar. Os que passam por aqui estão sempre na pressa. Pressa de quê, meu Deus? Ainda mais num dia de chuva desse. Turistas como estas duazinhas aí, ah, isto é raro! Mas é bão, quando vêm aqui, fico é mais feliz.

Matilde voltou a se lembrar do Nestor, ficou acabrunhada. De raiva, disse pra compradora que o marido dela fugira com outra, estava ali, abandonada. Fugiu com outra? É sempre assim, quando a gente fica velha.

A compradora quis se interessar, mas, de fato, era só pra falar alguma coisa.

Fugir, fugiu. Mas logo depois. Babau. Não, é que morreu mesmo, mortinho da silva! Caiu da moto, logo ali na entrada da pista, sem capacete, só de calção e chinelas. Nem se levantou mais. E foi sozinho. Ninguém que atropelou ele, não. A senhora é jovem, ainda vai encontrar um outro guapão. Matilde fez questão de guardar bem guardado esse nome pra me perguntar.

E qual seria teu sonho se a senhora vendesse esta rendaiada toda? A compradora perguntou, olhando-a no aquário mais profundo dos olhos, com aquele sorriso até meio maroto. Matilde me disse. Pena que não desconfiei...

Pois eu fico com esta, sim, e com aquela também, vou costurar na minha toalha de mesa. Esta outra vai pra janela da sala. E esta pro quarto, vai virar almofada, que linda! Aliás, levo tudo, quanto a senhora faz pela renda toda? Matilde se impressionou. A compradora a chamou de senhora. Era um elogio? Ou era pra pedir um descontão?

Toda minha renda? Não deu pra disfarçar o meu espanto. Matilde falou. Alegria? Sim, está tudo à venda... Não sei. Tem que fazer a conta. Deixa-me ver aqui no caderninho. Eu somo pra senhora! Cante lá! Tá marcado no cantinho de cada peça. Eu tirei as rendas de cima da mesa, e cantei, feliz. Nossa, eu não cantava há quanto tempo? Desde que meu marido foi-se embora. Nossa, como fiquei feliza. Sim, eu gosto de inventar palavras. Uma mulher é feliza. Se o homem é feliz, a mulher é sim, feliza.

Matilde se lembra bem. Me contou tudo. Eu anotei bem anotadinho. A dona ficou um bom tempo, a chuva até parou. E quando terminamos de contar, de cantar, o caderno todo, as 122 peças. Nossa, parece que são os dias que estou aqui, sozinha, tentando vender. E nada. E o bilro, dona Matilde, posso levar também?

Este não posso, era da minha finada avozinha, a ceguinha, com ele vou me enterrar. Se um dia tiver uma nora, uma netinha, ensino pra elas. Quem sabe? Mas esse... Dois mil e setecentos e doze reais... Ela tirou o dinheiro da bolsa, sem pestanejar. Notas lindas, imensas, grandes, frescas, faziam aquele treque-treque de novas, todas com uma manchinha vermelha forte, mas jovenzinhas, cheirosas.

Eu já sonhando em visitar minha outra avozinha, de surpresa, comprar um lotinho pra ela viver mais perto da gente. Dar um jeito de trazer o meu irmão de volta. Terminar com esta história de morar em baixo de lona na beira da estrada, fazendo protesto, invasão, bagunça, tiro no escuro.

Matilde mudou o tom de voz. O maior susto da minha vida levei no mercadinho do Zé da Praia. Anotei o jeito dela dizer. Mudar de cara. São notas roubadas, dona Matilde! Não têm valor, não. Veja aqui, quando estouram os caixas, solta esta tinta. Me adesculpe, não posso ficar com elas. Matilde, cabisbaixa, foi falar com o cabo da polícia, primo dela. Foi isso, mesmo, é um bando que tá roubando lá na região do Guamá, ora no Pará, ora no Maranhão, gente armada, perigosa, gente fria, calculista. Parece até que umzinho mora aí, do outro lado do rio. E tem até um senador envolvido, ele que financia, conta onde tem dinheiro, o homem tem amigo em todo lugar. A empresa que ele tem, a de carro-forte, é sempre ela, ela que é roubada. É gente que na eleição vem aí no Cumã, no Rio Vermelho, segue até mais um poquim, onde tem só um povoadim pequeno. O senador, o mandachuva, diz que faz o estado inteiro comer na mão dele.

Depois de um mês. Aquela notícia. Com dó de Matilde, fui pesquisar, ver se encontrava alguma mulher no tal bando que fora preso. Arrumei um jornal com umas fotos. Página inteira. Polícia prende bando do caixa-forte. E na foto, tavam lá as notas coloridas, as armas... A matéria comentava que o mais curioso era um conjunto de artesanato. Estavam lá cento e tantas rendas... Pois não eram as rendas da Matilde? Tá tudinho no meu diário. Graças ao Padre Carlos, eita homi sabido.

Agradecimentos

Agradeço os ensinamentos que permitiram abrir estas letras, às ribeirinhas e ribeirinhos da Amazônia, mestras e mestres, em especial aos abridores de letras, agricultores, artesãos, balateiros, barqueiros, benzedeiras, braçais, caçadores, calafates, canoeiros, caseiros, catadores de caranguejo, cozinheiras, domadores, erveiras e erveiros, garimpeiros, marinheiros, marisqueiras, merendeiras, peconheiros, peões, práticos, pescadores, quebradeiras de coco, retireiros, seringueiros, tatacazeiras, tapioqueiros, vaqueiros e tantos mais que são a nossa memória em seus viveres e ofícios.

Este livro foi composto na tipologia Minion Pro
Regular em corpo 12/17, e impresso em
papel off-white no Sistema Cameron da
Divisão Gráfica da Distribuidora Record.